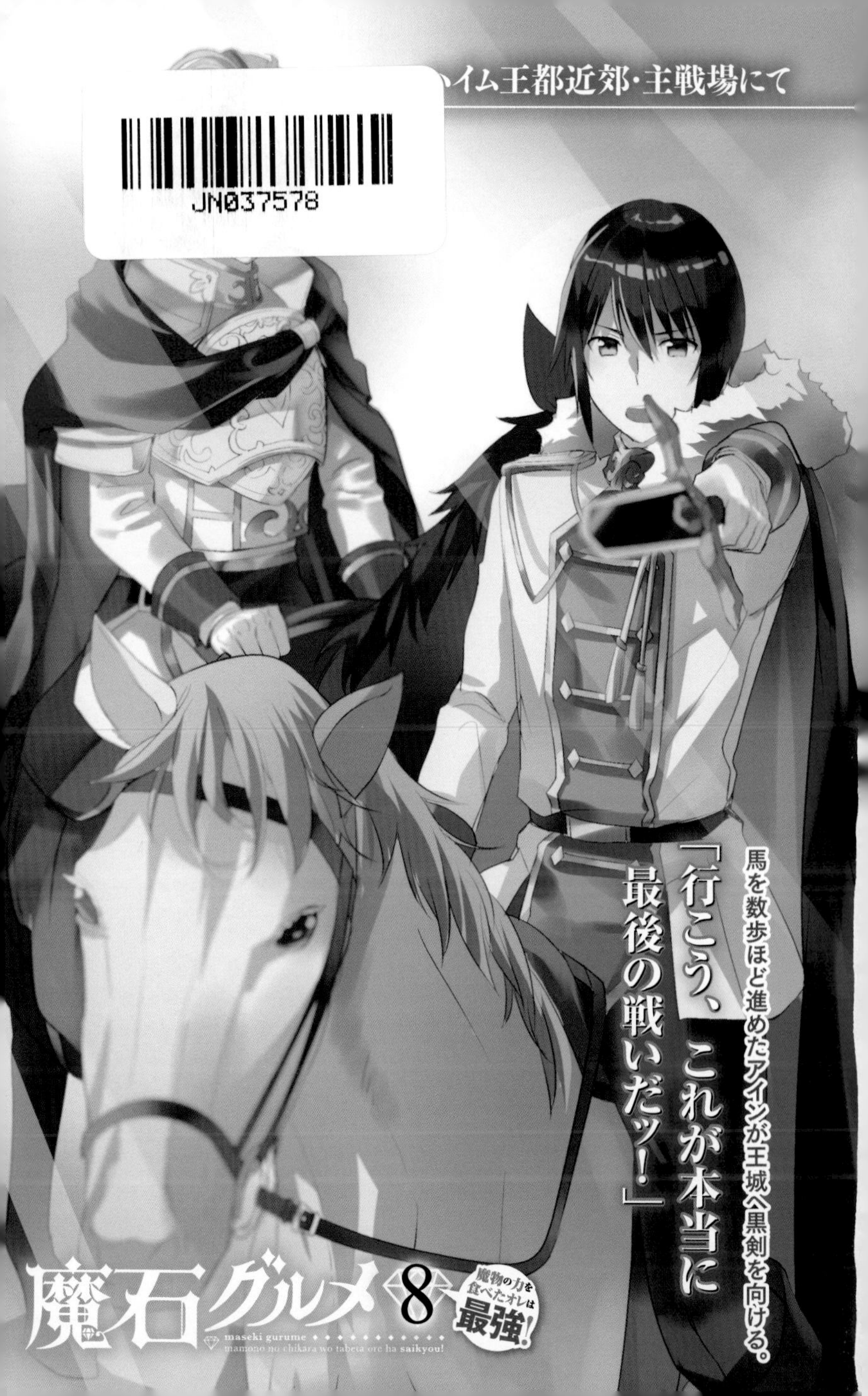
イム王都近郊・主戦場にて
馬を数歩ほど進めたアインが王城へ黒剣を向ける。
「行こう、これが本当に最後の戦いだッ！」
魔石グルメ 8
魔物の力を食べたオレは最強！
maseki gurume
mamono no chikara wo tabeta ore ha saikyou!

シャノン
アインの弟・グリントの許婚。
だが、その正体は――。
ロイド
統一国家イシュタリカの元帥。
「冷たい人ですのね。
大切な人たちが今わの際を
彷徨っているというのに」
クリス
王族の専属護衛を務める秀麗なエルフ。

穢れた玉座の間にて
「――信じない。
早く決着を付けて
迎えに行く」
アイン
転生特典スキル【毒素分解EX】の果てに、魔王へと進化した王太子。
リリ
隠密行動を得意とする暗器使い。

魔力の波動が収まると共に、少女はその姿を明らかにする。
ゴシック調のドレスの上からは、艶やかな銀髪が伸びていた。
面持ちは儚げであり、されど、押し寄せる圧はまさに魔王。
「――うん。私、復活」

魔石グルメ

魔物の力を食べたオレは最強！

結城涼

ILL. 成瀬ちさと

8

maseki gurume
mamono no chikara wo tabeta ore ha **saikyou!**

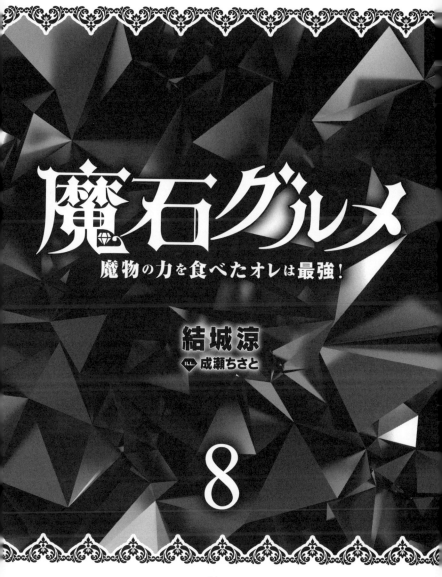

口絵・本文イラスト
成瀬ちさと

装丁
coil

contents

maseki gurume
mamono no chikara wo tabeta ore ha **saikyou!**

プロローグ

進軍していたイシュタリカの軍勢が足を止めたのは、ハイムとバードランドの間にある荒野である。

一行が足を止めたことにより、舞い上がる砂塵《さじん》も収まっていく。

この辺りには雪は降っていなかったが、季節は冬とあって風が冷たい。それでも、野営地に漂う空気は暖かかった。

「――――それにしても、リヴァイアサンまで出してこられたとは」

先のエドワードとの戦いにて左目を失ったロイド。

彼は野営地に焚《た》かれた火の前で、肉が焼けるのを待ちながらアインの言葉に耳を傾ける。

辺りではほかの騎士たちも食事中で歓談の声も聞こえてくるが、二人が居る場所はアインのための天幕の前とあって、ちょうどいい賑《にぎ》やかさだった。

「リヴァイアサンは未完成だったけど、今回は事情が事情だったからね」

と、アイン。

「して、リヴァイアサンはその後、港町ラウンドハートに向かったと？」

「クリスが乗ってくるプリンセス・オリビアと合流する予定だからね」

「効果的ですな。多くのハイム兵たちがすでに息絶えておりますし、港町から攻め入るのも危険性は低くなっているはず。あの港町は防壁がございませんので。……しかし、よろしいのですか？　多くの問題があったとはいえ――あの町は」

ロイドはアインを気遣った。

港町ラウンドハートはアインの生まれ故郷で、今から自分たちはその町ごと占領しに行くことになっているからだ。

「大丈夫、俺は何も気にしてないよ」

だが、ここにきて自分を気遣う笑みを向けられ、ロイドはすっと顎《あご》を引いた。

「……失礼いたした」

するとその後すぐ、天幕へやってきたのはマジョリカだ。

「殿下、頼まれてた魔道具の点検、終わったわよ」

「ありがと、平気だった？」

「瘴気《しょうき》のせいで部分的に破損してたのはあったけど、ま、へーきよへーき。どうせ使い潰《つぶ》すつもりで持ってきたんでしょうし、軽めの手入れだけしておいたわ」

マジョリカは「それと」と言ってロイドを見た。

「バーラちゃんがもう一度様子を見たいから、後で足を運んでほしいそうよ」

「承知した。アイン様、私は一度バーラ殿の下へ参ります。……来たる戦いのためにも、今一度様子を見てもらわねばと」

「何かあったらちゃんと言ってね、隠したら駄目だよ」

「はっはっはっ！　安心なさいませ！　もう目はありませんし、これ以上悪くなることはございませんのでな！」

ロイドは全く笑えない話を豪快に言い放ち、大股《おおまた》で去って行ってしまう。

途中で騎士に声を掛けて労《ねぎら》う姿には頼もしさがあり、アインとマジョリカも思わず苦笑してしまう。

「お、焼けたかな」

焼いていた肉に刺した串《くし》を手に取ったアインが口元に運ぶ。

肉厚で香ばしく、頬張《ほおば》るだけで幸せになれそうだ。

「あ、マジョリカさんって余ってる魔石持ってない？」

「どうしてよ、そんなに幸せそうにお肉を食べてるじゃない。――――まさか、魔石まで食べたいなんて言わないわよね？」

「恥ずかしながら、そうなんだよね」

「あらまぁ……先日は大活躍だったものね、魔力の消耗が激しかったのかしら」

半ば呆《あき》れながらも、マジョリカはアインに魔石を手渡した。

素手で持っていたあたり、特別高価な魔石ではないはず。だが握りしめたアインが魔石の魔力を吸うと、焼けた肉を食べるよりも満腹になれた気がした。

「――――おや、父上が居ると思っていたのですが」

不意に現れたディルがそう言って辺りを見渡した。

「ロイドさんならバーラのところに行ったけど、どうかした？」

「実は進軍のことで確認をと思ったのですが……どうやら入れ違いだったようですね」

「待ってれば戻ってくるだろうし、一緒に食べてようよ。ほら、マジョリカさんも」

二人はアインの声を聞き。

「折角だから、ご相伴に与《あずか》っちゃおうかしら」

「では、この私も僭越《せんえつ》ながら」

素直に頷《うなず》いて返すと、焼けた肉へと手を伸ばした。

◇◇◇

「バーラ、居る？」

夕食を終えてから、アインは自身の天幕を出て野営地を進み、バーラの居る天幕へ足を踏み入れた。

ここは診療所としての役割もあり、怪我《けが》が残る騎士の姿が散見される。

そうした怪我の具合を確認する騎士たちの中に、バーラは居た。

「あ、はい！　何かございましたか？」

彼女は別の者に確認を任せ、アインの面前にやってきた。

「少し話を聞きたいんだけど、いいかな」

「大丈夫です。ここでは何ですので、奥で致しましょう」

バーラに連れられて奥へ進むと、そこには治療に使うための物資が並べられた場所があった。

王太子を連れて行くには、と考えなかったわけでもないが、ここ以外に静かな場所となると難しいし、それこそ、アインの天幕ぐらいしかなかった。

「元帥閣下のお身体《からだ》のことでしょうか？」

「あー……それは本人から聞くからいいとして、別のことなんだ。——少し、昔の話をしようと思ってさ」

話そうと思ったのはエドワードのこと。

奴《やつ》との戦いの中では、決してバーラに尋ねるつもりはないと考えていた。だが、進軍をする中で改めて考えてみた。

……自分はこう考えていても、バーラにとっては肉親だ。

何も聞かせず勝負を、ということに違和感を覚えてしまったのだ。

「俺の父のことは知ってるよね」

「——存じ上げております。かの大将軍であると」

「そうなんだ。で、どうして急にこんな話題にって話だけど、俺とバーラは似てる所があると思ったからでさ」

互いに父の振る舞いに思うことがある、ということにして、バーラの考えを聞こうとしていた。

バーラはその表向きの理由を悟り、神妙な面持ちで頷いた。

「私は父に何の感情も抱いておりませんが、殿下は御父君《おちちぎみ》にどのような感情をお持ちなのでしょうか？　やはり恨みが——」

予想していなかった返答にアインが目を見開いた。

「バーラはお父さんを何とも思ってないの？」

「そうなんです。この感情を言葉にするのは難しいですが、最も近い表現は、もう私たちの人生に関わらないでほしい、ということなのです」

「再会することがあっても、ってこと？」

「はい。父親だ、なんて今更思うことは出来ないと確信しています。妹のメイはまだ幼いので違うかもしれませんが、あの子も今はお城で幸せに暮らしていますから」

今の言葉を信じるのであれば、エドワードのことを伝えない方がいい。事実を知るのは自分だけのまま決着を付けるべきだろう。

「でも、再会することがあったら、頬を強く叩《たた》いてやりたいですね」

微笑《ほほえ》みを浮かべて言ったバーラからは悲しげな感情は決して伝わってこず、アインは先ほどの言葉が本心だとはっきり分かった。

二人はこの後もしばらく当たり障りのない話をつづけ、アインは「自分も吹っ切れたよ」と口にして、バーラに背を向けた。

ハイム王都近郊にて

――――妙に順調だな。

翌朝、馬に乗り行軍中のアインは心の内で呟《つぶや》いた。

アインはここまでの道中、ハイム兵どころか半魔すら現れていないこの状況に不審を覚えて眉《まゆ》をひそめていた。

すると、彼の背後で馬に乗ったディルが同じ想《おも》いを口にする。

「やけに順調ですね」

その声に答えるのは彼の隣を進むマジョリカだ。

「ハイム側は結構戦力を削られたから、港町の方に兵を回してるんじゃないかしらねぇ。ほら、私たちが援軍に来る以前から、何度も弩砲《どほう》で攻撃を仕掛けてたじゃない？」

一度目はロックダムで、そして二度目はバードランドで。

弩砲を用いての攻撃は多くのハイム兵を屠《ほふ》り、人と人のぶつかり合いでも多くの被害を与えたはず。

となればハイムに余裕はそう残されていないだろう。

半魔という戦力があろうとも、確実な消耗が強いられていたことに変わりはない。

「あら、納得してない感じのお顔ね」

「……いえ、先ほどの話は筋が通っているかと。ただもう一つ気になっているのです。マジョリカ殿もご存じかと思いますが、今でも赤狐《あかぎつね》の目的がはっきりしておりません。奴らの行動には疑問が残ります」

「どういうことかしら？」

ここでアインが会話に交ざる。

「赤狐の行動原理が分からないってことだよ、マジョリカさん」

「でも殿下、赤狐の性質を思えば、この戦争を楽しんでるだけと言えないかしら」

「それも間違いじゃないと思う。赤狐は享楽主義だってことはあの本――カティマさんが買った古い本にも書いてあったしね。それを信じるとしたら、あいつらはこの状況を楽しんでると考えてもおかしくない」

けれども現状、圧倒的に押されているのはハイムである。

そうした緊張感や危機感を楽しんでいるというのなら話は別だし、現状すら赤狐の計画通りというのなら恐れ入るが……。

（ハイムが勝つ可能性は皆無だ）

結果、エドワードとシャノンが命を落とすことになるのは必定。

享楽主義が高じて刹那《せつな》的な快楽を求めているとしても、これではあまりにも不可解で、自殺願望とすら思える。

「奴らはこの大陸で覇を唱えようとしているだけにも見えるけど、だったらエウロに手を出すべきじゃなかった。それをしたら、俺たちが出てくることぐらい想像できるだろうしね」

「ってことは、覇を唱える以外の目的でもあるのかしらね」

小首を傾《かし》げたマジョリカへアインが肩をすくめて言う。

「さぁ、どうなんだろ。でもやってることが中途半端すぎると思うよ」

あるいは――――。

(俺が狙《ねら》いなら、話は別だ)

リビングアーマーのマルコ曰《いわ》く、赤狐はアインを待っていたという。

そして初代国王別邸の地下にあったジェイルの日記には、赤狐はジェイルを許さないと言っていたという情報が遺《のこ》されていた。これらの話を繋《つな》げると、イシュタリカ王家の一員であるアインこそが赤狐の狙いであり、戦いの場に引きずり出そうとしていたようでもあった。

「そうよねぇ……。イシュタリカに手を出す様子もないし……そういえば、ハイムの第一王子が倒されるのも予定になかったんじゃないかしらね」

「ん、どうしてそう思うの？」

「私は瘴気《しょうき》を出す人間なんて見たことがないわ。私たちの装備をものともしない瘴気だって探せばあるけど、深い深い瘴気窟に行かないと発生しないのが普通なの。――――っていう前提条件の中で、その濃い瘴気を放っていたのがあの第一王子だけだったじゃない？」

器用に馬上で身体をくねらすマジョリカの言葉に、アインとディルの二人がじっと耳を傾けた。

「きっと、瘴気を発する存在を量産することは難しいのよ。量産できるなら、最初から二人でも三人でも改造しちゃえばいいわけ。できてたら今頃《いまごろ》、元帥閣下たちは生きてないもの」

第一王子レイフォンでなければならなかった理由は考えにくい。彼には特別な才能があると聞いたことはないからだ。

「すべては殿下という想定外の存在のせいね。きっと、半魔もほとんど失ったはずよ」

おびただしい数の半魔がバードランド近郊に斃《たお》れたのは、皆の記憶に新しい。

「あの面倒な半魔たちが出てこないなら助かるね」

「とはいえ、生き残っていた半魔が襲ってくる可能性は捨て去れないわ。出てきたとしてもそんなに多くないでしょうし、先日ほど元気じゃないでしょうけどね」

「分かってる。常に警戒はしておこう」

しかし、分かり切っていないこともある。

「色々考えてると、なんていうか、赤狐の目的が余計に分からなくなってきたよ」

「そうねぇ……曖昧《あいまい》よね」

「アイン様。言ってしまえば、魔王大戦のときですらよく分かりません。魔王を操って騒動を起こして何がしたかったのか、ただの享楽主義で片付けていいのか疑問が残ります」

「…………うん、そうだね」

アインはそれから大きく息を吐いて言う。

「分かってるのは一つだけ、イシュタリカに害を為《な》すってことだけか」

「それが分かっていればいいのかもしれないわね。私たちの国に害を為すのなら、私たちも容赦しない。分かりやすくて素敵じゃない」

三人はその共通認識を確認し合うと、ハイムに向けての進軍に気持ちを切り替えるのだった。

◇　◇　◇

バードランドを発《た》ってから二日。すでにこの周囲はハイム王都近郊だ。

一行が面前に迫った丘陵を越えれば、この大陸にて栄華を極めたハイム王都が見えてくる。

アインはここにきて周囲の景色《けしき》に既視感を覚えはじめると共に、いくつかの思い出が脳裏をかすめた。

「アイン様、複雑なご心境と推察いたします。ご無理はなさらず、このロイドにお任せくださっても――」

「大丈夫、静かにしてたのは昔を思い出してたからだよ」

それにしてもロイドの眼帯姿は堂に入っていた。

まるで歴戦の老将軍のようで、似合いすぎて本人も気に入っているほどなのだ。

イシュタリカに帰ったら特注品を発注すると意気込むほどで、怪我《けが》をして士気が低下するどころか、むしろ高まっているのはよい兆候だろう。

「昔のことと言いますと、イシュタリカに渡る以前のことでしょうか」

「そういうこと。……ロイドさんは昔の俺ってどんな感じだったか知ってるよね」

「昔のアイン様というと……」

「港町ラウンドハートで暮らしてたときのことだよ」

すると、ロイドは言葉を選ぶように考え込む。

だが、アインは気にするなと言わんばかりに笑みを見せた。

「領地から出られず、良い待遇ではなかったと耳に入れております。当時はオリビア様から届く手紙を読むたびに、陛下が一喜一憂なさっていたのをよく覚えておりますが」

「そうそう。逆に弟のグリントはよく外出してたんだ。特に父う――――ローガスがグリントの面倒を見るようになってからは、遠出に連れてってもらってたみたい」

「……はっ」

神妙な面持ちでロイドが頷《うなず》く。

「でもさ、そんな俺でもはじめての遠出を出来る日があったんだけど、何の日だと思う?」

「む、むむ……初の遠出ですか。申し訳ないがさっぱりですな……」

確かこういう話を伝えたことはない。はじめて耳にしたアインの過去に、ロイドは興味津々といった声色で返事をした。

「はじめての遠出はお披露目パーティの日だったんだ」

「おお! 王都にあるアウグスト大公邸に行かれた日のことですな！」

「そ。まあ、アウグスト邸に足を運んだらまんまと嵌《は》められてパーティには出席できず、挙句の果てに会場入りも出来なかったから、どうしたもんかって話になったんだけどね」

ロイドを含むアインの臣下からすれば、はらわたが煮えくりかえるような出来事だが、アインは楽しそうに微笑んでいた。

隣ではロイドが不機嫌そうに手綱《たづな》を握りしめて、すぐ後ろで話を聞いていたディルも頬を歪《ゆが》める。

されどアインは笑って、思い出を愛《め》でるように言う。

「それで、参加できなかった俺は花を見ることにした」

アインがクローネと出会えたのもそのおかげだ。

「ブルーファイアローズですな」

「うん。それでスタークリスタルを作ったんだ。当時はそれを渡すことの意味を知らないままクローネに渡しちゃったから、意味を聞いてから凄《すご》い驚いたけどね」

その後は夜会に向かったローガスに置いていかれたオリビアが遂《つい》に決心して、メッセージバードを用いてイシュタリカに連絡を取ったのだ。

そして、連絡を受けたクリスがプリンセス・オリビアに乗って港町ラウンドハートにやってきた。

「話が長くなっちゃったけど、この道は似てるんだ。あの日、お母様と一緒に馬車で王都を目指したときとね」

言い終えたアインの横顔はいつも以上に大人びていた。

魔王化した際に身体《からだ》と顔つきが成長したという事実とは別に、今の彼が見せる表情には確かな威厳が宿り、いずれシルヴァードの後を継いで国王となるに相応《ふさわ》しい気高さがあった。

「どうかご無理はなさらぬように」

「うん。ありがと」

ロイドの気遣いに笑みを浮かべて答えると、アインは目の前に広がる丘陵に目を向けた。

すると間もなく、斥候を務めていた騎士が大急ぎでやってくる。

「馬上からの報告、失礼致しますッ！」

「構わぬ、つづけよ」

「はっ！」

騎士は返事をすると、十数秒ほどの時間を使って呼吸を整え。

「――丘陵を越えてしばらく進むと、ハイム王都が見えて参ります。そちらではハイムの大軍に加えて、大将軍ローガスの姿がございました」

決戦の舞台はすぐそこだと告げたのだ。

確かに、漂う緊張感と人の気配はこれまでと違う。

斥候を務めた騎士は隊列に戻っていき、それを見てからロイドが言う。

「アイン様。いざとなれば、我らを見捨ててでもイシュタリカの悲願を優先してください」

「……ロイドさん」

「確実に奴らは瘴気《しょうき》を使ってくるでしょう。であれば、もしかすると、我らが足を踏み入れることはできないやもしれません。ですが、我らは盾になれましょう。赤狐を――シャノンやエドワードを打ち取れた暁には、アイン様はご自身が生還することのみを考えてください」

「見捨てるなんて、できるはずがない」

「いえ、しなければならないのです。盾になることこそが我らの責務であり、アイン様は、王太子殿下は受け入れる責務があるのです」

一際強く主張すると、アインの迷いをロイドが断ち切る。

「ディル！　こっちに来なさい！」

「はっ！」

「お前は指揮官として働く必要はない。いいな、何があろうともアイン様のお傍《そば》を離れるな。優先順位を間違えてはならんぞ」

「お任せください。私のすべてを賭《と》してお守り致します」

ディルの返事に満足したロイドが周囲の目を気にせずディルの頭に手を乗せ、力強い動作で撫《な》でた。

「ちょっ――――ち、父上っ！」

「む、公の場で父上と呼ぶのは何事だ」

「いやいやロイドさん……今更でしょ。ディルはバードランドですでに父上って呼んでたし」

「はーっはっはっは！　そんな昔のことは忘れてしまいましたな！」

「それに親子のやり取りをはじめたのはロイドさんからじゃ……ま、まぁいっか」

ロイドの笑い声は広く響き渡り、若干の緊張を抱くイシュタリカの騎士たちは、陽気な笑い声に笑みを浮かべる。

彼はひとしきり笑ってから、口元のゆるみを正した。

「して、エドワードの相手は私が致します」

「でもそれは」

「私の情けない姿はまだ思い出せるでしょうが、ご安心ください。私もエドワードに容易に対処できるとは思っておりません。故に一つの秘策……まぁ、不本意ですが考えがあるのです」

意味深に言い、これまでその考えを聞いていなかったアインとディルがきょとんとした。

告げられた秘策に「なるほど」と頷き、それならばと考えを改めた。

◇　◇　◇

ハイム王都は港町ラウンドハートの目と鼻の先にある。馬車で数時間の距離ともなれば、軍馬を用いればほんの数十分だ。

港町ラウンドハートから届く潮風の香りに、アインは感じたくもない郷愁に苛《さいな》まれる。

――――やっぱり、同じ港町でもマグナとは全く違う。

同じ潮風でもアインの気分は天と地の差があった。面前に広がるハイムの軍勢を見つめつつ、余計なことは考えまいと頭《かぶり》を振ってその感情を誤魔化《ごまか》す。

「……大軍だな」

自然と声を漏らすほど、王都近郊に展開するハイムの軍勢は数が多い。

横に長く、縦に深い陣形は、いったいどこにこれほどの戦力を隠していたのかと考えるほど、余力に満《み》ち溢《あふ》れた光景だ。

ハイムの軍勢のその更に奥を見れば懐かしきハイム王都、そして、ハイムの城がアインの目に映る。今日の天気は晴れているにもかかわらず、王都の空だけはどんよりと、暗く見えるのは気のせいじゃない。

栄華を誇っていた大国の姿はそこには残されておらず、まるで邪悪に支配された亡国のよう。

一般市民は何処《どこ》にいるのかというと、報告によると戦火が降りかかると知り、多くの者がすでに避難しているそうだ。

「アイン様――アイン様ッ！」

左翼の方角から、ロイドが馬を急いで走らせてやってくる。

「馬上にて失礼致しますッ！　左翼の方角、いや、港町ラウンドハートにて、エドワードの率いる軍勢が確認されましたッ！　私は開戦した後、そちらへと馬を走らせますッ！」

不思議だ。

あの男は自身を高く評価していたし、アインも手ごわい相手と認めている。だというのに、王都を離れて港町ラウンドハートの方で構えている理由はいったい……。

「罠《わな》かもしれない。王都を守らない理由がないよ」

「いえ、奴《やつ》は恐らく、港町からやってくる我らの軍勢を抑えるつもりではないかと」

「――――父上。私の考えは違います」

アインの傍に控えていたディルが一歩乗り出し、不敵な笑みを浮かべて会話に交じる。

「奴はアイン様を避けたと考えるべきでしょう。そうすれば、我らの士気も高まるかと」

「息子に教えられるとは分からんものだな。だが、その通りやもしれん。この際だ、そう皆に言ってしまえば士気も高まろう！」

ディルとよく似た笑みを浮かべたロイド。いや、親子なのだから逆なのかもしれない。ディルがロイドによく似ているのかもしれないが、二人の強気の表情はよく似ていた。

「ではアイン様。私は左翼に戻ります」

「ん、りょーかい。でも、絶対に無理はしないように」

「ぬははははッ！　それは無理なご命令ですな！」

眼帯を付けたことで、高笑いが一層似合うようになったロイドは一切気落ちすることなく高笑いをつづけ、騎士の顔にも笑みを浮かばせた。

その高笑いを聞きつけて、マジョリカが馬を走らせてやってくる。

「ご機嫌じゃないの、元帥閣下。さぁさ、餞別《せんべつ》よ」

マジョリカは胸元から取り出した麻袋をロイドに投げつけた。

「マジョリカ殿、これは？」

「中に入ってる緑の玉が拘束、青い玉がヒールバードの魔石の加工品よ」

「それはいい！　いやはや、中々こうした魔道具は精製が難しく、マジョリカ殿のような方でなくば用意できなくてな……ではありがたく頂戴《ちょうだい》していく！　ではアイン様、我らがイシュタリカのためにッ！」

はぁっ！　と掛け声をあげると、ロイドは颯爽《さっそう》と馬を走らせて去った。

見送る三人は一様に苦笑。

と同時に、イシュタリカ王都で見ていたいつも通りの姿に勇気づけられた。

「こんな時だというのに、父上が妙に元気で申し訳ありません」

「むしろあれぐらいで丁度いいよ。あんまり気が滅入《めい》っちゃっててもね」

「そうよ。ついていく騎士たちだって、指揮官は元気な方が気分もいいじゃないの。ってわけだから、私も支度してくるわねん」

そう言ってロイドと同じく背を向けたマジョリカの手元、手綱《たづな》を握る指には怪しく光を放つメリケンが付けられており、この後の戦いを予感させた。

「殿下。戦い前の口上戦も楽しみにしてるわ」

半ば予想していたが、改まって言われたアインが表情を強張《こわば》らせる。

「……やっぱり、そうなるかな？」

「なるに決まってるでしょ。それが開戦前の華ってもんよ。……お相手だって、殿下にとって他の誰《だれ》よりも因縁のある大将軍でしょうね」

――――苦笑い。それも生涯で一番の苦笑いだったとアインが自負するような、そんな辟易《へきえき》した顔を浮かべてこめかみを掻《か》いた。

戦の前の口上はどこにでもあることだが、まさか自分がするなんて考えたこともない。

「重圧かけてくるなぁ」

「私も気持ちは分かります。口上戦はマジョリカ殿が仰《おつしや》ったように華ですし、我ら騎士たちの士気に大きく影響しますから」

「うわ、ディルまで」

「どうかご容赦を。士気が高まれば我らの勝利が近づきますし、アイン様にお怪我《けが》をさせる可能性も下がりますから」

いつも以上に引き下がらないディルは笑っていた。

また、口で文句を言っていながらも、アインも存外楽しそうだ。

「ところで、アイン様。先日、バードランドで面白い情報を耳に入れました」

「えぇー……なにそれ。今になって言うんだから、危ないことじゃないよね？」

「はっ、それはもう」

意気揚々と答えたディルは一呼吸を置いてから口を開く。

「なんでも、ハイムの大将軍ローガスは、エドワードを相手に一度も勝利したことがないらしいですよ」

今の言葉と同時に二人が思い返すのは、先日のアインとエドワードの戦いと、その結果である。

「つまり、エドワードに打ち勝ったアイン様は、ハイムの大将軍ローガスよりもすでに高みに居るということになりますね」

「はは……言葉にしちゃうと、やっぱり不思議な感覚だね」

「不思議、ですか？」

「うん。とっても不思議だ。昔の俺にとってあの男は誰よりも強くて……いわゆる最強の武人だった。でもイシュタリカに渡って色んな人と出会って、その気持ちは変わったと思う。だけどさ、やっぱり苦手意識っていうものは残ってたのかも。正直、今の今まで俺の方が強いって考えたりしなかったんだ」

アインの吐露した感情に、ディルが静かに耳を傾けた。アインは戦の前に感傷的すぎたかもしれないが、漏れ出す気持ちを止められなかった。

だがその中でも、確かな自信を覗《のぞ》かせる。

主君の瞳《ひとみ》に宿った力強さには、先日の演説の際に感じた器の大きさを感じて止《や》まない。

「────ディル」

「はっ！」

もう、決心した。

心の中に残っていたわだかまりも抑え、アインは心に決めた。

「状況によって変わるかもしれない。だけど、俺がこの決着を避けることは許されないんだ」

「……はっ！」

「――――大将軍ローガスの相手は俺がする」

幼き頃《ころ》、自分に剣を教えた相手。ローガスを相手にすることを決意したアインは、今一度ハイムの軍勢に目を向けた。

◇◇◇

ハイム王都周辺は荒野のような土地ではない。

地面は青々とした緑にあふれ、所々に木々が生い茂り、古くからの伝統と、自然の美しさが共存している土地だ。ただ、今では兵士の行軍によって泥にまみれているし、先ほど見たように、青空が美しい日にはよく映えた王城ですら、暗い雨雲のような空気を纏《まと》っており、不穏だ。

「ディル。この辺でいいよ」

「なりません。いざとなったら私が盾になります」

目と鼻の先にいるハイムの軍勢を見て、ディルが心配そうにアインを気遣う。

相変わらずハイム兵は正気を失っているようにしか見えないが、それでも大将軍ローガスに従って整然と構えている姿には、まるで人形のような意思のなさを思ってしまう。

「大丈夫。危なくなったらすぐに退《ひ》くし、この距離だから攻撃も――――届かないことはないとしても、俺なら避《よ》けられる」

「そこは嘘《うそ》でも届かないと仰ってほしかったのですが」

「呆《あき》れた顔で見ないでよ。ちょっとした冗談だってば」

「はぁ……冗談を言うような場所ではないかと思いますが、いかがでしょう」

「そりゃ、ぐうの音も出ないかなって思う」

呆れた表情ながらも、いつものアインにはディルも安心させられる。自らの身体《からだ》に漂っていた緊張感が緩和すると、手綱を握る手にも余裕ができた。

「口上戦って、いわゆる口喧嘩《くちげんか》みたいなものだよね」

「口喧嘩にしては規模が大きすぎますが、おおよそその通りです」

「俺さ、口喧嘩ってしたことあったっけ」

「………どうでしょう。私も記憶にないような気がします。ですが、過去にはウォーレン様や陛下を言い負かしたこともあったかと」

「あれって別じゃない？　喧嘩っていうよりは、意見の押し付け合いみたいな感じだったし」

アインは海龍騒動での処罰の件や、クリスを専属護衛にするための話し合いを思い出した。

だが、いずれも喧嘩というには違う気がしてならなかった。

「どっちにしろやることは変わらないか。よし、口上戦、頑張ってくる。終わったら一度帰ってくるから、ここら辺で待っててよ」

「最後まで随分と軽いご様子でしたが……承知致しました。お待ちしております」

軽く小言を言うも、ディルはアインのことを心から信じていた。

さぁ、今度こそだ。

アインがディルの傍から離れ、馬を小走りで前に進める。

ここに来るまで見ないようにしてきたが、すでにハイムの軍勢の前方では、彼らの大将軍ローガスの姿がある。巨躯《きょく》を惜しげもなくさらす見事な馬に乗り、馬に負けない体躯《たいく》を誇るハイムの最高戦力が、アインが近づいて来るのをじっと待っていた。

「こんなかたちで会話することになるなんて」

アインが近づくにつれ、ハイム兵たちが乗る馬が鳴き声を漏らす。動物の本能に従い、近づく強者《つわもの》の気配に怖《おそ》れを抱いていたのだ。

セージ子爵のワイバーンが怯《おび》えたほどなのだ。たかが軍馬に耐えられるはずがない。


アインがひとり馬を走らせること数十秒。

両者の勢力が居ない中間といえる地点に近づいたアインは、ゆったりと進んでくる相手に目を向けた。

ハイムにこの男ありと謳《うた》われる男にして、幼き頃のアインへと剣を教えた男、ローガス。

先日はロイドを相手に痛い敗戦を演じたが、彼の眼《め》には力強さが宿る。

「ついにここまでやってきたか」

やってきたローガスは馬の足を止めると、馬を横に向けてアインへと視線を移す。

戦意を宿しながらも、どこか困惑しているような——ローガスも多くの感情に苛まれているようだった。口を開きそうになったものの、彼は目つきを幾度となく変えるのみで、アインと沈黙を交わすばかり。

　無言のやり取りが数十秒つづいた後、先に口を開いたのはローガスだった。

「偉大なる祖の言葉を忘れ、凡愚――――蛮族と化したイシュタリカの王族よッ！　何の用があってこの地に参った！」

　随分な言われようだな。内心では呆れ果てて笑い声でも漏らしたくなったが、アインはそれをすんでのところで耐えた。

　一方、ローガスの背後では、気を良くしたハイムの軍勢が声をあげた。

「我らが宿敵を崇《あが》め、同じ獣に落ちた者共よ。蛮勇を極めしその性根は論ずるまでもない。我らが友の領地を襲ったその蛮行、我らは許すつもりはない」

　アインはローガスの言葉へと重ねるようにして蛮勇、蛮行と言葉を返す。

　それを聞き、対するローガスが。

「我らの王族を連れ去ったにもかかわらず、貴様らは我らの信仰すらも愚と言うかッ！　人の機微すら知らぬ王太子では、国の器すら知れるというもの――――ッ！　貴様らは哀れな侵略者へとなり下がったのだッ！」

　アインが口を開く前に、ローガスが立てつづけに声をあげた。

「歴史ある統一国家とやらもすでに死んだと見える！　我らがハイムの前に立つは、すでに亡霊と化した死にぞこないに他ならんッ！」

　すると、ハイムの軍勢の士気がうなぎ上りと言わんばかりに高揚し、ハイムの名を高らかに叫んでイシュタリカを威圧する。

「亡霊、か」

どっちが亡霊なんだ。

哀れに見えてきた父の姿に、アインがぼそっと呟《つぶや》く。

やがて不敵な笑みを浮かべると、ハイムの軍勢を睥睨《へいげい》。イシュタリカの軍勢は、次にアインが何を口にするのか首を長くして待った。

「命ある者はやがて死す定めにある。当然、我らもやがてそうなるはずだ。だが、それは今ではない。そして、我らは亡霊にはならない」

向けられた瞳に、ローガスが無意識に気圧《けお》された。

会談の際にも目の当たりにした、息子の見違えた姿に覚えた驚きとはまったく違う。今この瞬間に身体に押し寄せたのは、身を切り刻むような力強い覇気だった。

ローガスは無意識のうちに生唾《なまつば》を飲み込んで、額を伝っていた汗が地面を濡《ぬ》らす。

「我らは我らに仇《あだ》なす存在を討ち、やがては英霊となるからだ」

イシュタリカの軍勢の最前線、槍《やり》を持った者たちが石突で地面を叩《たた》いた。

鈍い音が重なって、王太子アインを讃《たた》えるための音となり、軍勢が一つの生き物と化したように見えてくる。

――――騎士の士気は圧倒的優勢に傾いた。

騎士たちはアインの言葉を聞き、海を渡って以後、最高潮の高揚感に浸っていた。

アインの覇気を前に思わず口を閉じたローガスへと、ほら見たことかと勝ち誇り、アインの振る舞いに心揺さぶられ、猛《たけ》る。

アインの名を呼ぶ声が辺り一帯に響き渡り、人形のようであったハイム兵たちの間にも動揺がはしった。

「笑わせるな」

が、ローガスが再度口を開いたところで歓声が止《や》んだ。

「祖国を裏切った者が英霊となるだと？　そのような男に率いられるような騎士に正義はない」

「…………何が言いたいんだ」

「決まっている。貴様は我らハイムを裏切った存在だ。……そしてその補佐官はどうだ！　貴様と同じ祖国を捨てた者であろうッ！」

唐突な言葉にアインが戸惑ったが、クローネを共に貶《けな》していると気が付き、目を伏せた。

ローガスが口にしたのは会談の日に知り得た情報である。クローネは自らの意思でイシュタリカを目指したという話だ。

「器が知れるぞ、イシュタリカよッ！」

黙りこくったアインを見て、ハイムの軍勢が息を吹き返す。

けれど、彼はただ黙りこくったのではない。失望していたのだ。こうした舞台——決して好ましい場所ではないが、まさか、ここで口にするような言葉か、と。

水を差されたというのが相応《ふさわ》しいかもしれない。

ローガスに失望するなんて今さらだが、彼の将軍としての振る舞いにも同じ感情を抱いた。

「言うに事欠いて、それか」

浅ましく、気の毒にすら思えた。

「故に貴様らイシュタリカは――――」「もう黙ってくれ、ロ、ー、ガ、ス」「なっ……貴様ッ⁉」

もはや、王太子アインと大将軍ローガスの口上戦ではなくなっている。

いっときの会話に、アインの心にとめどない何かが流れ込んだ。

（父上。貴方は赤狐の影響がなくとも、今のように俺を、クローネを貶しましたか？）

揺れ動く心を律し、感情的にならないようにとローガスを睨《にら》みつけた。

「祖国を裏切り、相手を威圧する術《すべ》だけは達者になったようだな」

――祖国を裏切った？

アインはつい言葉に詰まった。

そもそも、祖国を裏切ったというが、自分の祖国とはやはりハイムだったのだろうか……。

だが、アインの心の中で答えは決まっていた。

（決まってるさ。考えるまでもない）

自分はただ、ハイムという土地で生まれただけなのだ。

心の中をこうした想《おも》いで満たすと、不思議と、胸がすっと透き通ったような感覚に浸れた。

…………考えるまでもない。

自分の祖国はすでにイシュタリカだ。

はっきりとこの感情を思い出し、心に一本の芯《しん》が通る。

天を仰ぎ見たアインはローガスに手を向けると、屈託のない笑顔の後に、ローガスが後ずさるほどの迫力を込めて口を開いた。

「もう強がらなくていい」

あまり大きな声ではないものの、アインの声が遠く離れたロイドまで伝わった。

風に乗ってか、それとも別の何かの要素だろうか。

この時のことは謎が残ったが、辺りの人々が例外なくアインの声を聞いた。

「獣は強い敵を前にすると威嚇を止められないと聞く。だからそれを止めろと言うつもりはない」

今日一番の煽《あお》り文句を口にしたアインの射殺すような視線に、相対するローガスは一瞬、うろたえて言葉を失った。

「さっきは我らの器まで断じてくれたが、教えてやる」

先ほどのローガスの言葉に、アインが王の覇気を込めた。

「我らの器は、大陸イシュタルの雄々しさそのものだ」

ローガスは反論を唱えようとしたのだが、アインが見せる不可思議な圧力の前に沈黙する。

「流れる血や汗、骨の髄に至るそのすべてが我らはイシュタリカの子であるという証明だ。皆例外なく、初代陛下が愛した白銀の下に生まれた勇者たちだ」

「…………ならばその蛮族の器とやら、我らに見せてみよ」

「ああ、いくらでも見せてやるよ。――――それと」

その時だ。

空気が割れ、アインに向かって吸い込まれるような感覚がローガスを襲ったのは。でもそれは勘違いではなく、実際に引き起こされた現象である。

地面が揺れ、頭上に漂う雲が散っていく。

アインの背から漂う、感じたことのない力の奔流に空間そのものが揺れていた。

「彼女のことが分からないのも当然だ。彼女の器なんて、獣に測れるものじゃない」

それは、アインとクローネを裏切者と称した件に尽きる。

……このことに気が付いたローガスに向けてアインははじめて笑みを向け、遠くの空、イシュタリカの方角を見て唇を動かし。

「――――クローネの器は、クローネ自身の美しさに匹敵するんだ」

ローガスにのみ聞こえる声でこう告げた。

アインはそれから踵《きびす》を返し、晴れやかな表情を浮かべて自陣へ戻って行ったのである。

アインが馬を走らせたことで、ローガスも同じく馬をハイムの軍勢に向けて走らせた。両陣営の司令官が戻り、戦場は一気に騒ぎ立つ。

イシュタリカ側は巨大な弩砲《どほう》を少しずつ前進させ、ハイム王都を射程に収めた。

「アイン様！」

戻ってきたアインを迎えるため、ディルが馬を走らせてアインに近づく。彼の表情は晴れやかであったが、どこか茶化すような軽さがあった。

「なにその顔。どうしたの」

ディルがニヤついてるのは珍しい。

つい呆気《あっけ》にとられて尋ねてしまった。

「お見事なお言葉でした。ご覧の通り、騎士の士気も最高潮に達しております」

「あ……うん。それは嬉《うれ》しいけど……で、その顔は何？　どうしたのさ」

何か含みのある笑みでディルが語り掛けるが、依然としてその理由は未解決。

二度目の問いを投げかけると、茶化すような顔が穏やかな笑みを浮かべた。周囲を見れば辺りの騎士も笑っている。

「いえ、問題はありません。アイン様のクローネ様への想いが美しかったと感じただけですから」

「……んん⁉」

「さぁ！　我らも動きましょう！　騎兵隊、前へッ！」

表情を緩めていたディルは理由を口にすると、身振りを交えて指令を出し、ハイム王都への攻撃に移ってしまう。

アインは彼の声を聞きながら、馬上で腕を組んで頷《うなず》いた。

「なるほど。うん」

これはあれだ、聞こえていたらしい。

最後の言葉はローガスにだけ聞こえるように言ったつもりだったが、どうしてか、風に乗って声が届いていたのだろう。

まさかこの戦場で気恥ずかしさを覚えることになるとは……。

空を見上げたアインは頬を叩き、近くで指示をつづけるディルを見た。

「戦いが終わったら口止めしとこう」

客観的に見て、美談となることは疑いようがない。

とはいえ照れくささの極みはとりあえず避けようと心に決め、何度目か分からないため息をついて気持ちを切り替えた。

緊張をほぐすための時間はここまでだ。

ここからは、戦争の本番だ。

……と、アインが気持ちを新たに剣を抜き去ろうとした刹那《せつな》。

遠くの方角……港町ラウンドハートの方から、あの夜に現れたときと同じように、第二王女オリビアの船が汽笛を鳴らすのが微《かす》かに聞こえた。

「クリスが――――って⁉」

そして、前触れもなしに響いたけたたましい衝撃音と、戦場を揺らす地響き。ハイムの軍勢が一瞬、全体の動きを止めてしまうほどの衝撃波が戦場を駆け巡った。

「凄《すさ》まじい衝撃でしたね。クリス様がプリンセス・オリビアの主砲を放ったのでしょう」

別行動のクリスが乗る戦艦は王族専用艦。

アインの移動には海龍艦リヴァイアサンが用いられたこともあり、プリンセス・オリビアは別行動のクリスが乗りこの地までやってきたのだ。

港町ラウンドハート上空に上る煙と、魔石の力を使った証拠である極彩色の光が散る。想像以上の衝撃にアインが驚いていると。

また、先ほどと同じ衝撃と揺れが周囲を襲った。

（一発どころじゃない、連続で主砲を放ってるんだ）

イシュタリカ戦艦の主砲はこの場に持ち込まれた弩砲の威力をはるかに上回る。

戦艦のような巨体ならば、威力を重視した巨大兵器を持ち運べるからだ。

「俺たちも負けてられないいな」

その声を聞いて、ディルが頷いた。

ハイムの軍勢が慌てた隙を逃してはならない。

馬の手綱《たづな》を握り直したアインは剣を抜き、前進の合図を宣言した。

◇　◇　◇

時間はアインが口上を述べるより前に遡《さかのぼ》る。

港町ラウンドハートのすぐ近くへと、イシュタリカ艦隊が到着した。

待ち構えていたハイム兵が相対するのは王族専用艦プリンセス・オリビアに加え、合流して間もない海龍艦リヴァイアサン、そして、二隻の両翼を進む艦隊である。

「懸念されていた一般市民の姿は見当たりません。恐らく、王都の民と同じく、何処《どこ》かに避難したのではないかと」

甲板に居たクリスにそう告げたのは、同じく甲板に居て相手方の様子を窺《うかが》っていた近衛《このえ》騎士だ。

「分かりました」

……それにしても。

「アイン様。この船に乗ってこの町へと足を運ぶなんて、感じたくもない縁を感じてしまいますね」

近衛騎士が去った後、海風に金糸の髪を揺らして呟《つぶや》いた。

彼女の視線は大通りの最奥に建つ屋敷に向けられる。

イシュタリカとの密約が破られた後、ラウンドハート家は領地の没収などの罰が与えられたこともあり、あの屋敷はすでにローガスのものではない。

だとしても、幼き日にアインが過ごした屋敷に変わりはなく、クリスにとっては憎悪の象徴だ。

クリスは屋敷を見ているだけで高鳴る胸に不快さを覚え、でも落ち着けと自身を戒める。

「誰か、他戦艦の騎士の様子は？」

「滞りございません。一声ですぐに上陸できます」

だったら、もう動き出してもいい頃《ころ》だ。

彼女はアインの生家を見たままに、やってきた騎士へと冷たい声で言う。

「それなら先に、王都へつづく道を作ります」

「……と、いいますと？」

「この町の中央の道を進めば、目障りな屋敷が一軒建っています。……それさえなければ、私たちは真っすぐアイン様の下に行けるんです」

クリスが見る方角へと視線を向け、騎士が屋敷の存在に気が付いた。

「準備を。《聖女の慈悲》をあの町に向けて放ちます」

「なるほど、初手から主砲ですか」

「その通りです。このプリンセス・オリビアの主砲は広範囲への一撃は叶《かな》いませんが、直線的な波動の威力はホワイトキングの主砲に勝ります。この場においては打ってつけですから」

あの目障りな屋敷を滅ぼせるし、アインの下へ通じる道だって出来る。これ以上ない最善の一手と言いきれた。

「捕虜の価値がある敵兵が居るかもしれませんが、構いませんか？」

「私たちは決着を付けるために足を運んだんです。捕虜を得る必要はないですし、むしろ捕虜の価値がある敵が居たのなら、この戦場で切り伏せてください」

「――――はっ」

「プリンセス・オリビアによる主砲の後に、周囲の艦隊も同じく砲撃を放ちます」

「承知致しました。それでは準備に移ります」

操舵室《そうだ》へ向かった騎士を見送ると、クリスは屋敷より更に遠くを見た。

方角はハイム王都がそびえ立つところで、アイン率いる別動隊が到着した頃の戦場である。

「……むぅ」

私は不満です。それはもう、とんでもなく不満です。

エルフとあって、彼女の視力は常人と比較にならないほど良い。でも目的とする人物の姿は見えず、分かったのは相対する二つの軍勢があるということだけだ。

「――――見えない……聞こえない……」

戦場でありながらも、むすっとした表情を浮かべ、自分が王都付近に居なかったことをひどく残念に感じていた。

恐らく、今は口上戦が行われているはずなのに。

頑張って目を凝らしても、耳に手を添えて音を拾ってみようとも、アインの姿も声も届くことはなかったのだ。

「はぁ……アイン様の口上が観《み》れない、聞けない、届かない…………」

諦《あきら》めきれずに五感を研ぎ澄ましていると、ふと。

「ッ⁉」

武者震いのような高揚感に全身を襲われ、有無を言わさぬアインの気配にその場で頭を下げそうになった。アイン本人が目の前に居るかと錯覚して、周囲を確認してしまう。その姿はないというのに、何か一瞬、強烈な気配が風に乗って駆け抜けたのだ。

――今のはいったい。

――王太子殿下の声が聞こえた？

騎士たちも同じ感覚に浸っていた。

つづけて、イシュタリカの軍勢が居る方角から、今日一番の歓声があがったのだ。

さっきまでの不思議な感覚も数秒のことで、正気に戻ったクリスは「よしっ」と口にして気持ちを切り替えた。

あれは口上戦が終わったからに違いない。

「私たちも、動かなきゃ」

すると、クリスが右腕を掲げ、操舵室の乗組員へ合図を送る。

美しい巨躯《きょく》を誇るプリンセス・オリビアの主砲へと、魔石のエネルギーが凝縮されていく。バチッ、バチッと紫電が駆け巡る音が響き、船そのものが揺れを催す。

螺旋《らせん》に錬られるエネルギーが放つ光は、先日の叡智《えいち》ノ塔の暴走で発せられた波動とよく似た眩《まばゆ》さを孕《はら》み、周囲の音を奪い海上に無音の風を靡《なび》かせた。

クリスはレイピアを抜き、それを甲板に突き刺して身体《からだ》を支えた。

如何《いか》にクリスといえども、プリンセス・オリビア級の主砲の威力を体感する機会はそう多くない。いくら訓練という名目があろうとも、一発一発の費用を考えれば現実的ではないからだ。

「合図を」

汽笛の音が高らかに鳴り響き、他の戦艦たちへ合図を送る。

――――やがて。

優しげな鈴の音のような、軽やかな律動が響いた。

リン……リン……。

天まで届きそうなその音色は、心が洗われそうになるほどの清らかさ。プリンセス・オリビアの主砲が《聖女の慈悲》と名付けられたのも、こうした特異な音によるものだ。

そして、聖女と名高いオリビア自身を讃《たた》えるための名でもある。

「――――さぁ」

響き渡っていた音色が止まり、辺りがしんと静まり返る。

「その威を示しなさいッ！」

クリスがそう言い終えると同時に、主砲の周囲の空間が歪《ゆが》んだ。

……リリがエウロで放った主砲に比べれば、プリンセス・オリビアの主砲はとても静かである。

喚《わめ》き散らすように被害を広げることもなく、ただ指定された道筋へと威を示すからだ。一筋の光線と化した一撃が無作法に音を立てぬ様子は淑《しと》やかなオリビアの仕草を連想させて止《や》まないが、その破壊力はまた別だ。

一直線に放たれたエネルギーが周囲の建物を破壊し、やがて吸い寄せる。

最後にはエネルギーが破裂して、吸い寄せられた瓦礫《がれき》が飛散すると共に天高く光芒《こうぼう》を舞い上げたのだ。

轟音《ごうおん》が鳴り響き、大地を揺らしたのはその時だ。

破裂したエネルギーの光に触れた存在は、文字通り消滅してしまう。

あとに残された物は極僅《わず》か。塵《ちり》と化した瓦礫ばかりであった。

当然、被害を逃れた敵兵の姿もある。

だがそこへ、無情にも他の戦艦からの砲撃が浴びせられる。

「道は開けました」

クリスがそう言って歩き出すと、船を飛び降りて地に立った。

潮風に混じった焦げ臭さは鼻に付くが、気にならない。

いつしか、戦艦の前方が開いて馬に乗った騎士たちが港町ラウンドハートになだれ込む。

クリスは近衛《このえ》騎士から白馬を預かり、乗馬したところで王都へつづく道へレイピアを向けた。

「――アイン様、すぐに参ります」

彼に捧《ささ》げた魔石に手を当ててから、手綱《たづな》を強く握る。

「だいたい、作戦とはいえ、護衛の私がお傍《そば》に居ないことがおかしいんですからね……っ！　絶対に絶対に、後でわがまま言ってやりますからっ！」

クリスは不平を口にしながらも港町ラウンドハートの外に現れた敵軍の姿を視界に収め、馬を勢いよく走らせた。


我が物顔で港町ラウンドハートを駆け、王都へつづく街道に出たところで。

「イシュタリカの蛮族を殺せ！」

「我らが聖地を汚させるなッ！　ひとりでも多くのイシュタリカ人を打ち取れッ！」

ハイム兵が自らを鼓舞するために声をあげる。

相手は主砲の迫力を前に、蜘蛛《くも》の子を散らすように逃げていた者たちだった。ここまで主砲の攻撃が届かないことに気が付いたようで、今になって待ち構えていた。一切の情が遺《のこ》されていないクリスの双眸《そうぼう》が磨かれ、その双眸に劣らぬ鋭さを誇るレイピアが抜き去られようとした刹那《せつな》――――。

「クリスティーナ様ッ！」

突然、クリスを呼ぶ声が明後日《あさって》の方角から届く。器用にも敵兵の合間を縫い、そして避《よ》けて近づいてきたのはイシュタリカの近衛騎士。

「貴方《あなた》は私と帯同していなかったはず。どうしてここに！」

近衛騎士の顔つきには覚えがあった。

だが、今回はクリスと共に作戦行動はしていない。クリスはそのことに気が付くと、訝《いぶか》しみながらつづく言葉を待った。

「元帥閣下からのお言葉を届けに参りましたッ！」

「ロイド様の……？」

「はっ！　馬上にて失礼、時間がありませんのでこのままご報告致します！　先刻、ロイド様はこう仰《おつしや》っておりました――――」

語られるのはロイドの計画である。

エドワードと相対するため、クリスたちと共闘したいという旨を近衛騎士が伝えた。

それを聞いたクリスは目を見開いて驚いた。

「ロイド様を完膚なきまでに打ち倒した相手……」

イシュタリカにて最強の騎士と称され、他の誰《だれ》もその言葉を疑わぬ男こそがロイドなのだ。そんな男が手も足も出ず、あまつさえ片目を奪われたと聞けば誰しもその言葉を疑うはず。

しかし、クリスは冷静に振舞った。

ここで動転したところで、何一つ良いことはないと知っていたから。

「分かった。それなら急いで向かいます」

アインと合流するための障害が現れた。

普段なら不機嫌な感情を増したことだろう。だが、ロイドが手も足も出なかった相手となれば、そんなことを考えている余裕はない。


——動く壁。


クリスが指揮する軍勢は、一言でいえばこの表現がしっくりくる。

戦力差は幼子が見ても分かるほどで、アインが考えあぐねていたように、クリスも赤狐《あかぎつね》の目的を理解することが出来なかった。

ハイム兵はただ蹂躙《じゅうりん》されつづけ、イシュタリカの敵と言うには力不足だ。

練度も、そして兵器だって相対するに相応《ふさわ》しくない粗末な戦力だった。

「ッ————居た！」

多くのハイム兵、そして、イシュタリカの軍勢が入り混じるこの地で、クリスはアインが率いていると思われる軍勢とは別の目立った集団を視界に映した。

その中に、詳細な姿までは確認できないが、ロイドらしき姿を発見した。

「我々は元帥閣下の援軍に向かいますッ！　弩砲《どほう》を側面に並べ、敵兵に攻撃しながら進みなさいッ！」

加えていくつかの陣形の指示を口にすると、イシュタリカの軍勢は姿を変えた。

一つの生物と錯覚させるほどの連動を見せると、走り出したクリスの後を追い、ロイドが率いる軍勢を目指して馬を走らせた。

◇◇◇

「おや、また貴方ですか」

クリスが目指す先、両軍がぶつかり合った場所で。

聖域のように二人の男しか居ないところがあった。演劇の舞台のように整えられたその場所で、紳士のような穏やかな表情を浮かべ、槍《やり》を片手にエドワードがロイドを迎えていた。

周囲では命の奪い合いが行われているというのに、ここだけが不可侵。

他の誰も手を出そうとせず、漂う砂塵《さじん》だけが二人に寄り添っていた。

「アイン様の方がよかったか？」

ロイドが馬を降りてエドワードの前に立った。

背中に携えた大剣を抜くと、それを地面に突き刺した。

「……そうですねぇ。残念ながら、私に対抗できる人物は彼以外に存在しないでしょうから」

「ふむ。違いない」

「おや…………？」

エドワードが呆気《あっけ》にとられる。

煽《あお》ったつもりで口にした言葉だったが、ロイドはあっさりと同意したからだ。

身の程を知ったのだろうか。エドワードがロイドを観察するが、ロイドは晴れ晴れとした表情を見せるだけ。

「だが、貴様には私たちがお誂《あつら》え向《む》きだ」

「分かりませんね。理解に苦しみます」

「簡単なことだ。アイン様を避けた貴様には、私たち程度がお似合いということさ」

老紳士のように振舞うエドワードが、一瞬だけ頬を引《ひ》き攣《つ》らせた。

だが、彼の矜持《きょうじ》がもう一度だけ余裕をつくると、エドワードは執事がするように腰を曲げて頭を下げる。

気品の中にも、何処か下卑た感情が垣間《かいま》見《み》える笑みを浮かべて。

「中々いい返しでした。こんなやり取りをすると心が躍りますね」

「より一層、私のことが気に入らなくなったからか？」

「ご賢察の通りです。口だけの塵《ごみ》が這《は》い蹲《つくば》る姿を想像するだけで達してしまいそうになる。同じことを考えたことはありませんか？」

「さてな。しかし貴様が這い蹲る姿には興味がある」

片時の沈黙、片時の静寂が辺りを包んだ。

「……それで、どうして貴方はここに？　来ていただいたのに申し訳ないが、貴方が来たところで私の障害にはなりえませんが」

エドワードが、先ほどと似たような問いをもう一度口にした。口元に手を当てて考え込む姿を見せ、心底不思議そうにロイドへと尋ねる。

「戦いに来たのなら、貴方は状況判断を間違えている。先日の用兵と同じく、醜態を晒《さら》すおつもりで参ったのですか？」

「――ははは、耳が痛い。確かに先日の私の振る舞いは、本国に戻ってから処罰を受ける必要があろう」

「でしょうねぇ……。貴方は判断を間違えた。そのせいで、全滅する寸前に至ったのですから。それとも……ああ！　もしかして主君から死んで来いとでも言われましたか？　ならば仕方ありませんね」

嬉々《きき》とした様子で言い、エドワードが遂《つい》に槍を構えた。

「僭越《せんえつ》ながら、私がお相手致しましょう」

「万が一、アイン様がそう口にでもしたならば、私は喜んで死地に参ろう。だが、今回はまだ死ぬ気がないのだ」

対するロイドが地面に突き刺した大剣を抜き、正眼の構えをエドワードに向けた。

片目になったロイドだが、むしろ闘気は増してすらいた。エドワードはロイドの纏《まと》う気配に気が付くと、頬に愉悦を湛《たた》えて語りだす。

「――狐は願う。脳を溶かす快楽を」

槍を器用に振り回すと、ご馳走《ちそう》を見るように唇へと舌を滑らせる。

「――狐は夢見る。永久につづく、達した刹那の感覚を」

唄《うた》うように語ったエドワードの足元が突然、ぶれた。

芸術と見まがう動作で足を進めると、間合いに入ったエドワードが槍を突き立てようと試みた。

だが。

「悪いな、こうした戦い方は好きじゃないが、貴様は気取って倒せる相手ではない」

声と共にやってきたのは、ロイドがマジョリカから受け取った魔道具だ。

放り投げられたそれが両者の間ではじけ飛び、ほんの一瞬の隙を生み出す。

「小細工を……」

警戒したエドワードが数歩下がる。

……が、魔道具の直撃がその速度に勝った。

「げほっ……げほっ……これは……」

破裂した玉から半透明の粉が漂いだす。

粉は勢いづいたままエドワードに向けて風に乗り、彼の首元や顔など、露出された皮膚にへばりつく。

「鴉蝶《からすちょう》の鱗粉《りんぷん》――――ッ」

鴉蝶とは、アインが魔物現地実習で相まみえた魔物だ。

人の身体《からだ》を麻痺《まひ》させ、卵を産み付ける性質を持つ。

どうやらマジョリカは鴉蝶の素材を用いた魔道具をロイドに手渡していたらしい。エドワードは素材を看破すると、若干震える手先を見て、懐から取り出したナイフで身体を傷つけた。

「この痺《しび》れは痛みで消える。無駄な小細工でしたね」

彼は自慢げに、それでいて勝ち誇った笑みを浮かべてロイドを見つめる。

だが、一方のロイドも似た顔つきだった。

「そんなのは知っているさ。しかし、無駄ではない」

ロイドは剣を構え、エドワードに向けて突進した。

気でもおかしくなったのだろうか。

エドワードが呆《あき》れたようにロイドを見るが、ロイドはあくまでも強気な面持ちを浮かべている。

「捨て身の攻撃には早すぎますが。何にせよ結果は変わりません」

接敵したエドワードがロイドの首に槍を突き立てようとした、そのときだ。

ふと、死角となった箇所からエドワードの横っ腹目掛けて、銀色の一閃《いっせん》が煌《きらめ》いた。

「ッ……不意打ちですか」

身体を強引に捻《ひね》らせ、槍を振り回して防御する。

いったい何が起こったのだろうか、とエドワードが振り返ると、そこには金髪を靡《なび》かせたエルフ、クリスの姿があった。

「完全に死角だと思ったのですが、防がれるとは驚きです」

エドワードに気が付かれたことで、クリスは驚きを浮かべながらも数歩の距離を取る。

彼女はふぅ、と息を吐いてロイドに語り掛ける。

「ロイド様、遅くなりました」

「いや、そんなことはない。むしろ最高のタイミングだった」

戦友に笑いかけるように言葉を交わすと、二人は満足げにエドワードを挟んだ。

「貴女《あなた》は……ああ、以前エウロでお会いしたことがある」

「お久しぶりですね。こうなるのであれば、あの時に切りかかっておくべきだったと後悔しておりますよ」

「お戯《たわむ》れを。それに二人になったからといって強気になるのは如何《いかが》なものかと」

クリスは相変わらず飄々《ひょうひょう》と語るエドワードを一瞥《いちべつ》すると、ロイドの眼帯を見て痛々しさを感じ取る。

その視線に気が付いたロイドは、クリスを気にかけるように話を逸《そ》らす。

「港町ラウンドハートは、随分と順調に通り抜けられたようだな」

「え、ええ……そうですね。ここまでは一本道でしたので、苦労することなく進んでこられましたよ」

「一本道？　あそこは多少入り組んでいたと思うが……」

「いえ。一本道でした」

あくまでも一本道だったと言い張るクリス。

ロイドは事前に知り得た知識を思い返すが、やはり、港町ラウンドハートが一本道だったとは思えない。

でもすぐに、プリンセス・オリビアの主砲の存在を思い出した。

「はぁ……分かりません。あなた方のような人が二人になったからといって、どうしてそんなにも自信を得たのか――」

「はっ！　何を言っている！」

ロイドが大剣を振り上げて、話しかけながら踏み込んだ。

「ですから、二人になったところで何も変わらないとッ！」

……と、エドワードがやれやれと手を振った瞬間。

エドワードの頬に、一筋の切り傷が生じるのだった。

「……おや……？」

半笑いのまま頬に手を当てると、ツーッと流れる血液がヌルッと温かい。

手についた血液を親指と中指で弄《もてあそ》ぶと、エドワードは顔を上げてロイドたちの表情を確認する。

「勘違いするなよ。赤狐《エドワード》」

ロイドにつづいてクリスが腰を落としてレイピアを構えた。

その踏み込みは元帥ロイドにも勝る速さを誇る、イシュタリカ一の神速だ。

――――先ほどの攻撃は、あのエルフのものではない。

――――だったら、いったい。

疑問符を浮かべたのもつかの間、彼は面倒くささを感じてしまう。

力のロイド、そして速さのクリス。

二人の相性は評価するならば、最高と言ってもいい。単純な力の掛け算とは違った強さの向上に、思わず「チッ」と舌打ちをしてしまう。

そして、何度かの鬩《せめ》ぎ合いの後、またあの攻撃が飛んできた。

「なるほど、この短剣を投擲《とうてき》なさったのですね」

エドワードの頬に新たな傷がつけられて、その傷を作った短剣を彼は空中でつかみ取った。

距離を取り、ため息をついてから新たに現れた人物に目を向ける。

「上手《うま》いもんでしょー？　私、こう見えても投擲はイシュタリカ一を自負してますから！」

茶目っ気に溢《あふ》れる声で語り掛け、彼女は軽快な足取りで近づいてくる。

彼女は小柄な身体に似合わない妖艶《ようえん》さを醸し出すと、豊かな胸元へと手を押し込む。そうして谷間から二本の短剣を取り出すと、器用な手さばきで弄んだ。

「私は二人がかりと、口にした覚えはないぞ」

「ええ、ロイド様は二人とは言ってないですよ」

得意げに語るロイドとクリスに苛立《いらだ》ちを覚えたエドワードは気にしていないふりをして、やってきた女性に尋ねる。

「貴女は？」

エドワードはあくまでも笑みを絶やさない。だが、それはあくまでも表情だけの話であって、声色には平常心が失われつつあった。

その証拠に、彼女に正体を尋ねる声も早口に変わりつつある。

「私の名前はリリっていうんです。こんな開けた場所での戦いは趣味じゃないんですが、頑張っちゃいますね」

リリはふふん、と得意げに言うと更に短剣を取り出して言う。

「イシュタリカでも一握りの戦力を同時に三人です。とゆーわけで、我々との命の奪い合い、楽しめるものなら楽しんでみてください。ま、私としては、エドワードの作り笑い《おじさま》がいつ剥《は》がれるか楽しみでしょうがないんですけど！」

こうして戦況は二対一から三対一へ。

でも、三人に挟まれたエドワードは未《いま》だに怯《ひる》まない。

「矜持はないようですね」

彼はロイドを見て、蔑《さげす》むような視線を向けたのである。

「部下に頼って申し訳ないという気持ちにはなったが、よもや卑怯《ひきよう》だとは言うまいな？　仮にそう思ったのであれば、貴様らの行いを思い返すといい」

「……はぁ、左様でございますか」

物憂げにため息をついたエドワードが面倒くさそうに言った。

「やれやれ。あの目障りな許婚《いいなずけ》にも苛立っているというのに、これでは心労が溜《た》まるばかりではありませんか……」

「なんだ、長《おさ》を取られて気に入らんのか？」

「最悪な気分ですよ。あのグリントとかいう男を串刺《くしざ》しにして、引き裂いてやりたいぐらいです」

「だったらしてやればいい。しかし今の貴様は傍《はた》から見れば、親を取られた子のように見えてしまうぞ」

「あながち間違いではございませんよ。あのお方は我らの祖なのですから。つまり私の母と言っても相違ありません。ああ……あのお方の全身に私の愛を染みこませたい。そのためにもこの戦争にてあの男には死んでもらい、私が功績を立てることが重要なのです」

エドワードがシャノンに向ける愛情を耳にすると、クリスは無意識に一歩後退する。リリは鼻をつまむと、臭い匂《にお》いを避けるように手で扇《あお》いだ。

彼女たちからしてみれば、歪《ゆが》みすぎた男の愛を気持ち悪く感じてしまう。

同じく耳を傾けていたロイドだって、頬を引き攣らせてしまっていた。

「だいたい、全くもって意味が分からないのです。アレの何がいいというんですかねぇ……。容姿は悪くないですが、言ってしまえばそれだけでしょうに」

「よいのか？　あのお方――シャノンがそれを聞けば、貴様を叱責するであろうに」

「そのような心配はいりませんよ。聞かれなければいいだけの話です。ついでに言えば、聞いてしまったあなた方をここで殺してしまえばよいのです」

「ほう、単純で分かりやすいな」

「でしょう？　戦下手《べた》な貴方にも分かりやすかったはずだ」

きっかけはなかった。

強いて言えば、どこからともなく飛んできた矢が近くの地面に突き刺さった音だろうか。

先日は圧倒的な戦いを見せたエドワードを前に力の入っていたロイドだが、そのエドワードを見ていて眉《まゆ》をひそめる。

まさか、調子でも悪いのだろうか？

一度はそう考えたロイドだが、彼はすぐに結論に至った。

「貴様、アイン様との戦いで出来た傷が癒えていないのだな？」

「ッ………」

「どうやら図星らしいな、とんだ大根役者ではないか」

するとと今度はリリが。

「なーんだ。ほんとにアイン様からこてんぱんにされてたんですね」

煽《あお》りにしても大した語彙《ごい》があるわけでもなく、無邪気な言葉だ。

だが確かに、エドワードはリリへと苛立った視線を向ける。

リリが笑みを返そうとしたところで、忽然《こつぜん》とエドワードが姿を消した。地面の土がさっと舞い上がり、次の瞬間には目の前で姿を見せるのだ。

「リリさんッ！」

二人の間に身体《からだ》をねじ込み、クリスがレイピアで迎撃する。

「ッ――はっやいですね……ッ！　ありがとうございます！　助かりました！」

「……見てから私の速さに合わせるとは、驚きました」

突き出された槍《やり》は、クリスが身体を横に反らすことで直撃を免れる。

直撃寸前の出来事だったが、クリスが槍の動きを目で追っていたことが、絶対的な自信を持っていたエドワードに驚きを与えた。

が、次の瞬間にはエドワードが振り返り槍を振り上げた。

振った先には放り投げられた短剣があり、エドワードの身体に突き刺さる前に弾《はじ》かれる。

「やー、すっごい反応！」

「お褒めに与《あずか》り光栄です。――しかし貴女は気に入りませんね。無礼にも程がある」

勢いづいたままエドワードが身体を前に進める。

気に入らない少女に槍を突き立てるために。

「悪いがエドワード。今日の壁役はこの私なのだ」

筋骨隆々な体躯《たいく》ながらも、目を見張る速さでロイドが距離を詰めた。

虚を突かれたエドワードが体勢を変えてロイドに槍を向けるも、体勢の不利が生じてしまい――。


「ぬぁあッ！」

大振りの大剣に勢いが負けて、槍がふっと手元を離れた。

「あぁ面倒くさい面倒くさい面倒くさい……ッ！」

先日と違ったのはエドワードの余裕そのものだ。

この前はあっさりとロイドの攻撃を防御すると、屁《へ》とも思わない動作で蹴《け》りを入れたはず。だというのに、今日のエドワードはロイドの攻撃を腰に力を入れて受け止めた。

やはり、アインとの戦いによる傷が癒えていないのだ。

「どうしたエドワードッ！　今日の貴様は先日ほど恐れるに足りんなッ！」

「ッ……滑稽《こっけい》ですね。女性二人の力を借りてその言葉！　傲慢《ごうまん》と言う他ございませんッ！」

「ほざけ、負けて謙虚と言われるぐらいなら、私は傲慢と呼ばれても構わんッ！」

「くっ……暑苦しいお人だ」

エドワードがそう口にすると、するするっと器用な動作でロイドの傍から離れていく。

「……技術までは劣化せんか」

ロイドが呟《つぶや》く。

アインに敗北したエドワードが消耗していようとも、槍技と体技の冴《さ》えは変わりがない。先ほどの惚《ほ》れ惚《ぼ》れする流麗な体さばきがその証拠だろう。

だが、状況は依然として三対一。

退《ひ》いたところへと飛来する、一本の短剣がエドワードの眉間《みけん》を狙《ねら》い澄ます。

「貴女は……ッ！　本当に面倒ですねぇッ！」

「あっちゃー……どうして今の攻撃に反応できるんですかねー……」

エドワードは首を反らして短剣を避けてみせた。

死角をとったつもりだったし、いつもなら、これで暗殺も完了と言いきれた短剣の投擲であったのに……。

「私が居ることもお忘れなく」

風に乗るように近づいたクリスが腰元へレイピアを突き出した。

戦闘巧者を自負するエドワードは見た目には難なく避けたような顔を浮かべるも、服は大きく裂かれ、微塵《みじん》も贅肉《ぜいにく》がない引き締まった身体に、うっすらと一筋の切り傷が生じる。

「はぁ……っ、ふぅっ……」

そして、遂に呼吸を乱した。

額にも僅《わず》かながら汗を浮かべている。

「言ったでしょう。あなた方がいくら群れようとも、障害にはなりえない…………と」

「だが繰り返したらどうだろうな。貴様の身体に刻まれる傷は増える一方だぞ」

「この程度で上に立ったと思っているとは。私はただ、苦労することが嫌いなだけなのですよ」

突如、エドワードが半笑いを浮かべた。

「だから私は、黒騎士に所属していたときも三番手を選んだのです。仕事も楽ですし、立場もそう悪くない。上司は面倒くさい男たちでしたが、我慢すればさして問題にはなりませんでした。この戦いだって、実力を出すのが面倒なだけなのです」

「ふんッ！　急に身の上話をはじめてどうしたッ！」

「ですから、苦労することが嫌という話ですよ。同じことを二度も言わせないでください」

放胆に言い放ちながらも、どこか神経質。

ロイドの返しにやはり苛立って、ため息の中にも怒気が入り混じる。

結局は劣勢なのだろう。ロイドとクリスはこれを悟り、これまで以上の攻め手をもって切り伏せなければと心に決め、武器を握る手に力を込める。

「あ、私一つ気が付いちゃいました！」

と、ここでリリがぽん、と手を叩《たた》く。

「気が付いた、ですか？」

「はいはい。私、面白いことに気が付いちゃいました」

せせら笑うリリは手元では短剣を器用に弄びながら言う。

「初対面でこんなことを言うのって、ほんっと失礼なんですけど。……いやね、私も、話していいのかすっごく迷ってるんですよ？　まぁ、嘘《うそ》ですけど。リリちゃんはさらっと言っちゃうんですけど」

「お好きにどうぞ。遠慮なく」

彼の余裕はここまでを通して、薄れたことはあっても消えたことはない。

自らの実力への自信。

相手が三人であろうとも、実際には劣勢であろうとも、それを認めず戦いつづける意地の強さを示し、ここまで優雅に振舞ってみせたのだ。

――――だが。

「おじさまって、本当は自分で三番手を選んだんじゃないですよね？　黒騎士っていうのがよく分かりませんけど、なんかそんな感じですよ」

「…………くだらない勘繰りがお好きなようで」

とても冷たく、無機質な声色でエドワードが答えた。

リリはその声を聞いても臆《おく》することなく視線を向けると、得意げな表情で語りつづける。

「たははっ、性分なものでつい。それで、本当に自分から三番手に甘んじてただけなんです？　これは経験則なんですが、自信とプライドだけが立派な人って、こういうときに嘘を吐《つ》くんですよね。おじさまの場合は強いけど……んー、でもやっぱり嘘っぽいです」

見る者によっては幼稚な煽りに感じられるかもしれない。だが、エドワードの精神を揺さぶるのには、必要十分な単語が含まれすぎている。

笑みを浮かべながらも、エドワードはこめかみに青筋を浮かべた。

「下世話な煽りとは、それを口にした本人の器も知れるというモノですよ」

「あ、別にどう思われてもいいかなーって。だいたい、隠密《おんみつ》として育った私にそれ言ってもなーって感じです。卑怯で上等。器が小さくとも気にしませんよ。勝てれば文句なしってもんです」

「なるほど。一番面倒だったのは貴女でしたか」

一見すればロイドが一番強くて、相性の影響もあってクリスも相乗効果が計り知れない。リリだって一握りの実力者だが、前者の二人には劣る。されども、この場においてエドワードが忌み嫌う相手で、しかも彼自身と一番相性が悪いのはリリだった。

加えて彼女は頭の回転も一級品。

敵でありながらも、エドワードは内心でリリを高く評価した。

同時に気に入らなくともこの劣勢を再確認して、今後の展望を頭の中で考える。傷が癒えていない今、このままでは勝利を収めることはおろか、逃げ切れるとも考えにくい。

………だから、考えを改める。

「私はあなた方を障害と認識しなければならないようです」

出し惜しみをしていては、その先はないと。

エドワードは懐に手を入れると、小さく黒い石を取り出した。それに演劇の一場面のように口づけをして、手のひらに優しく包み込む。

「赤狐という種族は異人種に近いのです。つまりそこのエルフのように核があり、胸元に魔石を宿しております」

「魔石の位置を教えてくれるとは、驚いた」

「人型の魔石なんて位置はさして変わらないからですよ。そこでたとえば、人工的に魔石のエネルギーを抽出し、そのエネルギーを核に流し込む。――――すると、どうなると思いますか？」

すると、はっとした様子でクリスが顔を上げる。

魔石のエネルギーを核に流し込む。その言葉には覚えがあったのだ。そう。まさにイストで手にした古い研究成果のことで、走馬灯のように当時の出来事が思い出される。

「なっ、クリスッ⁉」

不意に踏み込んだクリスに気が付いたロイドが声をあげた。

「あの石を破壊してくださいッ！　急いでッ！」

ロイドが、そしてリリも。

鬼気迫るクリスに応じて一斉に踏み込み、距離を詰めたのだが。

「そうすると、とても強くなれるのですよ」

あと一歩、面前まで迫ったクリスが見たのは、錠剤を飲み込むかの如《ごと》く、エドワードが黒い石をぐいっと口に含んだ光景だ。

喉仏《のどぼとけ》が上下し、嚥下《えんか》されていくのが分かる。

奴《やつ》の喉元《のどもと》が鈍く、淡く光った。

「っ——まだ間に合うッ！」

クリスが必死に腕を伸ばし、レイピアの先をエドワードの首元に突き立てるも。


「いいえ。残念ですが手遅れです」


すると、突然。

エドワード以外の三人の身体に水に入ったような浮遊感が生じ、つづけて前触れなしの強烈な圧に弾き飛ばされる。

「よくある話でしょう？　主人公が力に目覚め、悪《あ》しき敵を打ち倒すというのは」

嬉《うれ》しそうに両手を広げ、天を仰ぎ見るエドワード。

「今の私は、まさにその状況にあるのですよ！」

エドワードの顔つきは若くなり、腕に浮かぶ筋肉も瑞々《みずみず》しい。

声にも張りが生まれ、一言でいえば生まれ変わったという印象だ。彼の全身は紅《あか》く煌くオーラを纏《まと》い、足元の大地が腐り、そして溶けていく。

「これで私も魔王アーシェと同格だ」

意気揚々と語るエドワードは自慢の槍《やり》を担ぎながら、喜ばしい気持ちを隠すことなく露《あらわ》にした。

「魔王アーシェと同格――――だと？」

「やっぱり……エドワード！　貴方は魔法都市イストで研究されていた人工魔王に……ッ！」

そんなの考えたくもない。

しかしクリスの言葉には信憑性《しんぴょうせい》があり、リリとロイドは憂いに頬を歪《ゆが》めた。

「あの男も役に立つものです。あのお方と共に海を渡らなかったときは殺意を抱きましたが、これほどの研究成果ならば許さざるを得ません」

「やはり、イシュタリカにも貴様らの仲間が居たのだなッ！」

「仲間と言うのは少し違いますね。奴は我らと共に行動をせず、奴自身の目的のために動いているようですから。……もっとも、その目的は知りませんが。っとと、落ち着いてください、私は逃げませんので」

リリが不意を突いて投擲《とうてき》した短剣が、エドワードが振った腕に突き刺さる前に宙で溶けて散ってしまう。

「それにしても、貴女は救えません。四肢を切り裂いた後、疲れたハイム兵にでもくれてやりましよう」

するとエドワードはさっきまでとは比べ物にならない速さでリリに近づく。

リリは驚きながらも、針状の投擲物を放り投げてエドワードから距離を取った。

「それは勘弁願いたいですねーッ……気持ち悪くて鳥肌が治まりません！」

「リリッ！　そのまま下がれ！　私が前衛に――――ッ」

「退きなさい。貴方は後回しです」

空を切り裂く音と共にエドワードが槍で薙《な》ぎ払《はら》う。

「ぬっ……ぁ……なんという力だッ……！」

力強い槍の一撃を大剣で防ぐロイドだが、競り合いに持ち込みたくても槍の直撃が重く、両腕に多少の痺《しび》れを感じて怯《ひる》む。

それに、紅いオーラが肌を灼《や》いてくるのが憎い。

「私も疾《はや》さには自信があるんですよッ！」

陰を駆け抜けるのは、金髪のエルフ。

「何と言えばいいんでしょうかねぇ。努力は認めるんですが、ただ小うるさいだけです」

技なんて言えない、ただの力。

振り返ることもせず、背後から迫るクリスのレイピアに向けて槍を横薙《よこな》ぎ一閃《いっせん》。

ただ、それだけの攻撃だ。

「きゃ……っ⁉」

昏倒《こんとう》――――はしないで済んだ。

三人は一様に背中に激痛を感じながらも、各々の武器を支えに身体《からだ》を起こす。

「まさに物語の主人公の気分です。覚醒《かくせい》した私にはこうするべき役目があったのですね。……聞いてますか？」

言葉通りの純粋な暴力。

気の抜けた一撃であれならば、狙《ねら》い澄まされたらどうなる。

「それにしてもこの紅は美しい……あのお方の隣に立つに相応《ふさわ》しい色ではありませんか」

三人は汗を拭《ぬぐ》い、血を拭った。

濛々《もうもう》と立ち込める紅いオーラが勢いを増すのを見つめ、何か、心の奥底に生じた重さに辟易《へきえき》してしまう。

「魔王エドワード。いい響きですね。やはり、私こそがあのお方の隣に立つべき者なのです。あの人間はさっさと排除して、あのお方と私だけの楽園を――――」

最初は自信に満ちた声色で言っていたが、徐々に声が震えだす。

「いやしかし、あの人間に現《うつつ》を抜かすのがあのお方、なのか……？」

紅いオーラと砂塵《さじん》に囲まれ、どうしてかエドワードの瞳《ひとみ》が泳いでいる。

感情の整理が付かず乱雑に言葉が入れ替わり。

止まらず、槍を地面に突き刺して、左右の手のひらを見てうろたえる。

「まさか、いつの間にか偽物に代わって――――あり得ない。あれほどの美しさと香りは、間違いなくあのお方だ。しかし、ならばどうして私ではなく、あの塵《ごみ》を愛しているのだ。私と身体を重ねず、あの塵に身体を許す……」

「………あいつは一体どうしたのだ？」

一人芝居をつづけるエドワードを見て、ロイドがたまらず呟《つぶや》いた。

「分かりません。でも、わざと演技しているような感じはしません」

「リ、リリちゃんも同意見です！」

クリスが答えるうちに、額に多くの汗を浮かべたリリが足を運ぶ。

身体が石になったかと錯覚させるほど、重苦しい足取りで。

その姿を見て、ロイドはそっと肩を貸す。

「大したことないんですが、さっきの衝撃のときにいい感じの石が飛んできちゃって……いたたたっ！」

リリが指示したところは膝小僧《ひざこぞう》である。装備していた防具が大きく凹《へこ》んでいた。

その痛みはロイドがマジョリカから受け取った魔道具で対処できたが、今この段階の不可思議さに疑問が残った。

正気を失ったように見えるエドワードを前に、クリスがハッとした。

「エドワードは魔王アーシェと同じ道を辿《たど》っているのかもしれません」

「その、クリス様、もう少し説明を！」

「まだ確定ではありませんが、仮にあれが本当に魔王化の一種であるならば、エドワードは暴走気味である、って思うんです」

「そうかッ！　正気を失っているということだな！」

合点がいったロイドと対照的にリリは納得しきれていない。

「少し腑《ふ》に落ちません。そもそも本当に魔王化してるんですかね？　仮に魔王だったとしたら、私たちじゃ束になっても勝てないはずじゃないですか」

「――――それは急激な進化のせいなのかも」

そう口にしたクリスがつづけて言う。

「だから、この機会を逃してはいけないんです」

誰《だれ》よりも先に進みだしたクリスの背には、他の二人がシルヴァードに覚えるような王族の覇気が漂う。

畏敬《いけい》を抱かせる、類まれな気高さを前に二人は呼吸を忘れた。

これではまるで王族ではないか、と。

ロイドはじっと彼女の背を見つめながら、じっと耳を傾けた。

「エドワードは成長途中なんだと思われます。身体も、そして精神も。つまり、まだ魔王になりきれていないんです」

果たしてそれが付け入る隙となるのか。

あるいは絶望への序章となってしまうのか。答えは誰にも分からない。

分かり切っているのは、魔王化しきってからでは手も足も出ないということ。ここで勝負を決めるのなら、たった一秒でも惜しい。

「……回復もあと少しなら余裕があるぞ」

態度が変わったエドワードを見つめながら、ロイドが二人に語り掛ける。

手に多くの汗を握り、これから始まるであろう戦いに向けて気を引き締めた。

「マジョリカ殿が精製したものだ。それゆえ貴重なために数は少ないが、多少の無理は利く」

クリスとリリの二人がロイドを見る。

これから彼が口にするであろうことを想像し、固唾《かたず》を飲んで見守った。

「私は無理やり壁となる。後のことはすべて任せる。戦いの後、私が動けなくなっていたとしても見捨てるのだ」

「そうならぬよう、三人で死力を尽くしましょう」

「ああ。願わくば全員無事であらんことを。では――――いくぞッ！」

ロイドが先陣を切って走り出す。

さっきと打って変わって落ち着きを取り戻したエドワードが視線を交わし、軽々と振り回された槍の後、紅《あか》いオーラが槍が過ぎた跡を形どる。

「貴様が真なる魔王であるならば、私は幸せなのかもしれんなッ！」

ロイドによる、今日一番の膂力《りょりょく》が込められた渾身《こんしん》の一振り。

後先を考えない筋肉を酷使した一撃は、受け止めたエドワードをじりじりと後ろに追いやっていくが、あえて受け止めたような余裕があった。

「我らが初代陛下と同じことを成せるのだッ！　それが貴様であるならばこれ以上の喜びはないッ！」

「くはは っ……以前から考えていましたが、あの男を崇拝するのは滑稽《こっけい》ですね。家族殺しの男と同じことをしたいだなんて、やはりあなた方は蛮族だ！」

「初代陛下が家族殺しだと……ッ!?」

「おや、どうやら今のイシュタリカにはこの話が伝わっていないようですね」

エドワードが槍を振り上げ、ロイドの巨躯《きょく》を弾いた。

膂力も速さも、つい数十秒前までとは完全な別人。

されどロイドは筋肉の繊維一本一本を猛《たけ》らせるように、咆哮《ほうこう》。宙で体勢を整え、再度の突進を試みようとしたところで。

「私の紅が――――」

エドワードが纏《まと》う紅いオーラが収縮し、槍の切っ先が震えだした。

その槍を握る両手も最初は弱く、すぐに大きく痙攣《けいれん》しだした。

つい、槍を手放してしまい膝《ひざ》から力を失う。状況は分からないが、好機に違いない。

「クリスッ！　リリッ！」

そして今度は呆気《あっけ》なく。

投擲された短剣がエドワードの肩口を貫いて、クリスのレイピアが背中を何度も、何度も突き刺した。

飛び交う鮮血と、紅いオーラ。

クリスも、そしてリリも肌が灼ける熱さを気にすることなく攻撃をつづけ、同じくロイドも大剣を振り下ろそうと近づくも。

「煩わしい……ッ」

エドワードが放った紅いオーラに押され、大剣を盾に後退した。

三人は一様にエドワードの様子を眺め、眉《まゆ》をひそめた。急に戦場で膝をつき、力なく両腕をだらんと垂らした姿はまるで、戦いを放棄したよう。

紅いオーラも最初のような勢いはなくて、ひどく弱々しい。

若々しくなったはずの肌は急激に皺《しわ》を作り、心なしか筋肉も萎《しぼ》んでいるようだ。

――それを見たクリスが口を開く。

「中途半端に進化の途中にあったからかは分かりませんが、自身の魔力を扱いきれていないようです。今はただ垂れ流すだけ……宝の持ち腐れですね」

これも恐らく、彼が本調子であれば話は違っただろう。

アインとの戦闘で負った傷に加えて、三人を相手にしての戦いによる消耗も重なり、身体が急激な変化に耐えきれていない、とクリスは考えた。

「そっか……病人に無理やり栄養剤を与えてたようなものですしね！　……ってことは、時間稼ぎでもしちゃいますか？」

リリが時間稼ぎを提案したが、ロイドは静かに首を横に振る。

「だめだ。あの男がこのことに気が付かないはずが」「申し訳ないのですが、所用ができてしまいました。この舞台に幕を下ろしましょう」「――――ほらな、そういうことだ」

血走った瞳に、落ち着かない呼吸のエドワードが力なく立ち上がる。

首筋に浮かんだ太い血管は不気味に脈動し、時にホタルのように弱々しく光を漏らす。

「ハッ……ハァ……ハァッ……ですが、少しは慣れてきましたよ、この身体にッ！」

「なッ――――速ッ……!?」

大剣での防御が間に合わず、ロイドが右腕でエドワードの槍を防ぐ。切っ先を避けたおかげか切り傷はできないが、エドワードの放った一撃は重すぎた。

次の瞬間、高い所から石畳に落とされたかのような衝撃音がロイドの腕から響き渡った。

「ッ――――」

痛みは声をあげることすら叶《かな》わぬほどで、衝撃も生涯で感じたことがないほど強烈。

片膝をついたロイドを路肩の石のように蹴《け》り飛ばしたエドワードがギョロッとした瞳を次に向けたのはクリスだ。

「貴女も、他人事《ひとごと》ではありませんよ」

エドワードは急激に力を使いこなしているように見えるが、その実、余裕があるようでもない。

相変わらず紅いオーラは弱々しくて、彼はなけなしのプライドと残された力を強引に使っているようにしか見えないのだ。

確かに最初よりは使いこなせているようでもあるが、限界も近い。

「あの男が居なければ、貴女はさして面倒ではないのですよッ！」

踏み込みによる轟音《ごうおん》が響き渡ると、クリスの背後で聞こえた吐息。

「……え？」

そして、面前に現れた槍《やり》の切っ先に狼狽《うろた》えた。

あり得ないはずの場所から生えた切っ先には、粘着質で温かい血液が付着し、地面に滴っていく。

やがて金属を切り裂く音が。

クリスの鎧《よろい》が切断された音が物悲しく響く。

「ふぅ……はぁ……はぁ…………エドワード……ッ！」

「驚きました。その傷でも強がれるとは思いもしませんでしたよ」

息を不規則に繰り返し、地面に倒れながらもエドワードを強く睨《にら》みつけた。だが、どこ吹く風のエドワードはクリスから興味を失い、一番の憎しみをリリに向ける。

「貴女はどうせすぐに死ねます。後は何も考えずに逝きなさい」

リリに襲い掛かろうとした刹那《せつな》、エドワードの背後から大剣が振り下ろされる。

「アアアアアァァァァァァァッ！」

ヒールバードの魔道具を使ったのだろう。

だが、それだけでは砕けた骨を完全に修復できなかったようで、ロイドは顔色を青白く染め上げ、額からは汗を滝のように流している。

声もところどころが震え、必死に痛みを我慢しているのが伝わった。

「往生際の悪い男…………だ…………」

振り向いたエドワードがロイドの首筋に槍を突き立てるその直前、ロイドは気が付いた。

エドワードの腕は更に萎《しな》びて、もはや皮と骨が重なったようにしか見えない。すると紅いオーラがまばたきの後で蒸発し、オーラの主は片手で自分の首を握り締めた。

カッ…………カッ…………ッ！

呼吸に苦労し、目を見開いて距離を取った。

「もう限界ですと……？　認めない、私は認めない……ッ！」

更に、胸を押さえて痛みに耐えながら。

「あ、あの石は城に戻らなければ……それに魔力を吸収するにも魔石が——くっ、しかし……

ッ！」

立てつづけに言葉を発し、クリスを見て彼女の魔石を抜き去ろうと試みた。

が、彼はもうロイドとリリが想像する以上に余力がない。この場から逃げる程度の余力しか残されておらず、仮にクリスの魔石を抜き去ろうと襲い掛かろうものならば、ロイドとリリに敗北する可能性の方が遥《はる》かに高かった。

「勝負は預けましょう」

そして遂に、不本意ながら逃走を決意。

逃がすまいと足を進めたロイドだが、足が鉛のように重いし、腕に奔《はし》った痛みが生存本能に訴えかける。

また、追いかけられない理由がもう一つあった。

「クリスッ！　おい！　クリスッ！」

うつ伏せに倒れたクリスの身体《からだ》を起こすが、返事はない。

リリが慌てて駆け寄り様子を見て、彼女はほっと胸を撫《な》で下《お》ろした。

「……血液を流しすぎて気を失ったようですが、急いで治療すれば間に合います」

ここは戦場でイシュタリカではない。

満足な設備がなければ、クリスの治療も難しい。これは事実上の死を意味するが、幸いにも港町ラウンドハートが近く、そこには最新鋭の戦艦リヴァイアサンだってある。

「リリ。お前も同じだな？　もはや満足に戦えまい」

「……いえいえ、リリちゃんはまだいけますよ」

「やせ我慢はよせ。自分でも、足を引っ張るという自覚があろう」

「それ、ロイド様が言います？」

確かに、ロイドも片腕が使い物にならなくなった。

だが、残されていた最後の魔道具を使ったことで痛みは誤魔化《ごまか》せた。

「私のことは気にするな。——誰か馬を連れてこいッ！」

ロイドが大声でイシュタリカの騎士を呼ぶと、様子を窺《うかが》っていた騎士がやってきた。

「馬を借りるぞ」

騎兵から馬を借り受けると、ロイドは片腕でリリを持ち上げ馬に乗せる。

気を失ったクリスを預けられたリリが慌てふためく。

「え？　は……ちょ、ちょっと！　ロイド様!?」

「リヴァイアサンに乗りクリスを治療してくるのだ。リヴァイアサンならば、最新の魔道具が多く搭載されている」

「でも、ロイド様はッ!?」

「私はこれより、エドワードを追ってハイム王都に進軍する！」

エドワードと戦う以前と比べれば、遥かに変貌《へんぼう》した王都近郊の戦場の光景。イシュタリカ側が優勢なのは明らかで、地面には多くのハイム勢が事切れている。

仮にエドワードを追えなくとも、ここで元帥のロイドが戦場を脱することは出来ない。

「ロイド様！　こちらの馬を！」

遅れてやってきた近衛《このえ》騎士から馬を受け取ると、ロイドは痛みに耐えて乗馬した。

「戦況の報告ですが――」

「走りながら聞く。目的は王都だ！　行くぞ！」

「ロイド様！　待ってくださいってば！　ロイド様だって身体が！」

「あの男を打ち取らねば我らの障害となる！　アイン様のためにも、私が弱音を吐くわけにはいかんッ！　あの男を任せていただいたこの私が追わずして、誰《だれ》が奴《やつ》を追うッ！」

騎士を連れて駆け出したロイドは頼もしく、満身創痍《まんしんそうい》のはずなのに滾《たぎ》るような旺盛《おうせい》さ。

リリは小さな声で「ご武運を」と彼の背中に言葉を届け、クリスの傷を鑑みて急ぎ馬を走らせたのである。

ローガス・ラウンドハート

同じ頃《ころ》、離れた場所にいたアインが戦況を見つめ、察した。

ハイムの軍勢はすでに半数以下に減り、勢いだけでなく、士気も下がる一方である。大将軍ローガスは自ら先頭に立ち、イシュタリカとの戦いに身を投じていた。

故に、アインが動くべき時も近づいていた。

（瘴気《しょうき》を放つ存在だって現れていない）

恐らくマジョリカの予想通り、瘴気を放つ存在を作り出すのは難しいのだ。

ハイム王都近郊に来てから一度も現れることはなかったし、これほど追い詰められてから出て来るとも考えにくい。

（――――よし）

幼い頃の話だ。

クリスと立ち合うとき――――彼女の速さに追いつくことで必死だった。

ロイドと立ち合うとき――――彼の力と立ち回りにどう反応するか頭を悩ませた。

成長してからはラムザと立ち合い、そして忠義の男、マルコとの立ち合いで、身体に眠る力を開花させた。

何も恐れることはない。これまで培ってきた実力を見せるだけでいい。

「行かれるのですね」

と、ディルが隣に来て静かに言った。

これからアインが何をするのかなんて、考えなくても分かる。

「指揮官同士が戦うなんて、褒められたことじゃないかな」

「勝利すれば敵兵の士気は最底辺まで落ちることでしょう。ですので、すべて否定されるべきとは思いません」

今はその絶好の機会でもある、とディルが暗にこう告げた。

「そっか。それならよかった」

機は熟した。

イシュタリカの宿願を果たすためにも、ここまで来たアインがするべきことはただ一つ。大将軍ローガスを打ち取ることだ。

「ディル、大将軍ローガスを倒して一気に王都に攻め入る。ハイム国王の様子も気になるが、まずは赤狐《あかぎつね》――――シャノンだ」

ディルは力強く頷《うなず》いた。

「赤狐を倒すことが叶《かな》ったら、あのマルコ殿も喜ばれることでしょう」

「……そうだね」

「マルコ殿もアイン様の中で見ているかもしれません。……魔石を吸収されたデュラハンが生きていたように」

「それを聞くと、手伝ってくれそうな気がしてきたよ」

「仰る通りです。マルコ殿ほどの騎士ならば、案外呼ばれるのを待っている可能性もございます」

アインはその言葉を聞き、胸に手を当てて彼のことを想《おも》った。こうしていると、勇気を貰《もら》えるような気がする。

なら、困った時は呼んでみよう。

冗談半分にこんなことを考えていた。


――――戦場にぽっかりと開いた空間の周囲には、多くの人々が倒れていた。

数は少ないがイシュタリカの騎士の姿もあって、悲惨さを物語る。

これ以上の犠牲を生まないためにも、父と早く決着を付けなければ……。

(いや、父って言っても言葉だけか)

幼い頃は世話になったが、ローガスはアインに特別な感情を抱いていなかったし、アインからローガスに対しても同じだ。

むしろ。

(ラムザさんの方が父親みたいだった)

むしろ、ラムザから感じた温かみの方が心に残っていた。

短い間だったが、精神世界でのラムザによる修業は、ローガスとの訓練よりも脳裏に焼き付いている。

これを思えば、ローガスを父だったと考えることすら躊躇《ためら》われる。

「来たか、アイン」

一足先に来て待っていたローガスが馬上から声を掛けて来る。

「改めて名乗る必要はないだろうが、敢《あ》えて名乗りを上げるとしよう」

ここにきて礼を重んじるとは思わなかったが、アインは素直に耳を傾けた。

「私は誇り高きラウンドハート家当主にして、栄えあるハイムが大将軍ローガスッ！　私はイシュタリカが王太子へと一騎打ちを申し込むッ！　陛下より賜りしこの大剣の相手をする勇気はあるか、否かッ！」

この一騎打ちに価値があるかはまだ分かり切っていない。

ディルが言ったように、ここで勝利を収めることで騎士の士気が高まることは事実としても、わざわざアインが相手をする価値があるのか。

あえて価値を見出すとすれば、それはけじめとしてだろう。

「ああ、受けて立つ。俺は――――俺たちはあの獣を許すつもりはない」

「学ぶ力もないようだな。今一度、他国の信仰を愚弄《ぐろう》するとは」

「いいや、学ぶ力があるからこそ、俺たちはハイムにやってきたんだよ」

「ふんっ……訳の分からぬことを言う」

ローガスは全身に力を込めた。

太い血管が浮き上がり、筋骨隆々な体躯《たいく》が強調される。

「我らがハイムの栄光のため、貴様の首を陛下に献上せねばならん」

ローガスは意気揚々と語りハイム王都を見た。

ここに来た当初より更に暗がりに包まれたハイム王都の中に、思い出深いアウグスト大公邸があると思うと、胸にチクッと痛みが奔《はし》る。

早くこの因縁を断ち切ろう――――アインはそう決意をすると、馬から降りて歩き出す。

「ほう。馬から降りるか」

「こっちの方が得意なんだ。早くこの戦いを終わらせたいからな」

「それは丁度いい。私も馬上戦は好まなくてな」

互いに歩みを進め、彼我の距離が狭まった。

この空間を邪魔する者は一人もおらず、離れた場所から見守る両軍の者たちは緊張に身体を強張《こわば》らせた。今だけは両軍とも手を止め、互いの指揮官の姿に目を凝らす。

「――――ハイムのためッ！」

突然、ローガスが駆けた。

間合いに入り、自慢の大剣を上段に掲げる。

ハイムにその男あり。大陸中に名を馳《は》せた大将軍の圧が、たった一人。

面前のアインへと向けられた。

「幼い頃《ころ》は、考えたこともなかった」

縦一閃《いっせん》、ローガスの大剣が振り下ろされるも――――。

「なっ……!?」

横に構えた黒剣で難なく受け止め、顔を伏せ。

「だけど今の俺なら……お前を倒せるッ！」

そして顔を上げたとき、翡翠《ひすい》の双眸《そうぼう》がローガスを射抜く。

互いの剣がぶつかり合うことで生じた咆吼《ほうこう》。その場を中心に円状に生じた烈風が周囲の者たちに吹きつけた。

…………まるで巨岩だ。

…………それも、砕けることを知らぬ強固な。

ローガスは僅《わず》かも動かず、真正面から受け止めたアインに吃驚《きつきょう》したが。

「先手を奪われての言葉とは思えんなッ！」

「言っておくが、お前が先手を取ったんじゃない。俺が先手を譲ったんだッ！」

大剣が、添えられていた逞《たくま》しい両腕が、造作もなく弾《はじ》かれる。

「受けてみろ、これが俺の剣だッ！」

ラムザ曰《いわ》く、強者《つわもの》にのみ許された剣。

一撃の強さに重きが置かれた剣戟《けんげき》だ。

「貴様は本当にアインなのか……ッ⁉」

「ああそうだ！　お前が剣を教え、そして、次男に劣ると判断した元長男だッ！」

アインはこう答えると、膂力《りょりょく》に重きを置いていた剣技を改める。嵐《あらし》の日の波止場を思わせる剣筋が、静かな清流に似た穏やかさを孕《はら》んだ。

凛《りん》として、威風堂々とした息子の剣にローガスが狼狽《うろた》える。

「――――なんだ、この変化は」

しかしアインはローガスの心境を気にせず、ただひたすら剣を振る。

ローガスを倒すという目的のみを思い、自らの思い描く勝ち筋へと突き進んだ。

（この剣でも砕けないなんて、その大剣もやっぱり名剣なんだな――――ッ！）

黒剣は海龍の素材すら難なく断ち切る冴《さ》えを誇るのに、対するローガスの大剣は刃こぼれすることはあっても、砕けることも切断されることもなくそこにある。

でも、大した問題ではないし、気にしていない。

ここでローガスを倒せるのなら、それで十分だった。

清流のような剣筋が突如、海原を襲う嵐に似た荒々しさを見せる。

「はぁああァッ！」

迫りくる剣戟の波に耐え切れず、がら空きの胸元に肉薄する漆黒の剣。

「――ぐ……ぐほぁッ」

黒剣が過ぎ去った後、大将軍の鮮血が大地を汚す。

絶え間なく流れ出る血液は手で押さえても止まらず、身体《からだ》にヒヤッと冷たい何かが通り過ぎた。

それと比例して、視界が微《かす》かに暗がりに染まっていく。

「きさ……ま……ッ……」

「はぁっ……はぁっ……」

身体的な疲れというよりは、精神的な負担によりアインが息を切らしてしまう。

「俺の方がすごいだろ、なんて言うつもりはない。けどな、俺は他人の才能を決めつけるような奴らに負けるつもりはないぞ……ッ！」

ローガスは身体に奔った衝撃に対処しながらも、自分を見下ろすアインの姿に注目する。

自分と比べ、体力の消耗がなく、まだまだ余力を隠していそうな様子が、複雑な感情をいくつも募らせた。

「まさかこれほどとは…………かはぁッ！」

五腑《ごふ》のいずれかが切り裂かれたがための吐血だろうし、額に浮かぶ脂汗が全身に奔る強烈な痛みを物語って止《や》まない。

でも、ローガスの瞳《ひとみ》から力は消え去っていない。

「しかしアイン――――貴様の言葉は正しくない……ッ！　ならば才能は誰《だれ》が決めるッ！　他人でないのなら、貴様自身が定めるとでも言うつもりかッ！」

大将軍らしく、成熟した威圧感でアインに語り掛けた。

「それでは自信ではなく、無価値な過信としかなるまい……ッ！」

それを聞くと、アインは悲観することなく答える。

心の中に抱く思いを恥じることなく言葉にする。

「才能なんてものはひどく曖昧《あいまい》だ。だからこそ、それを安易に判断するのが間違ってると言っているんだよ」

ラウンドハート家は当代の大将軍をいただく家系である。

武の名門であり、当時は伯爵家として名を馳せていた名門だ。それゆえ、ラウンドハート独自の考えがあることはアインも理解していたが……。

「父上。貴方《あなた》たちは未来に繋《つな》がる才能も考えるべきだったんですよ」

貴様でなければ、お前でもない。

アインがローガスを父上と呼んだのは、これが最後の決別になるから。

幼き頃のように敬語で語り掛け、これからのことを思い胸に感じた痛みに頬を歪《ゆが》め、そして、指先に生じた僅かな震えに気が付かないふりをした。

「貴様に父上と呼ばれるのは虫唾《むしず》が走る――――なぁッ！」

ここまでのやり取りで呼吸だけは整えたローガスが意気揚々と。

「その首、陛下の下へ届けさせてもらうッ！」

「取れるものなら取ってみろ。貴様の面前にあるは海龍を屠《ほふ》りし英雄だ。獣程度が匹敵できると思うならば、私がその絵空事に終わりを突きつける――――ッ！」

尊大に思える態度で口上を述べたアイン。

ローガスはそれを聞くや否や、大声をあげて走り出す。

「うぉおおおおおッ！」

今のローガスの迫力にはイシュタリカの騎士も気圧《けお》され、身体を強張らせた。

あれほどの深手を負ってなおその覇気を放つのか、と。

「今一度受けてみよッ！　ハイム王国にこの大剣ありと謳《うた》われた我が一撃をッ！」

ローガスの大剣が、地面に引きずられながらアインに向かう。砂利を砕き、土を抉《えぐ》りながら突き進み、敵国の王族を打ち取らんとして。

肉薄した大剣がやがてアインの下へ、黒剣の上から振り下ろされた。

しかし――――。

「なっ……剣が……ッ」

今までが奇跡的だったのだ。

マルコの素材を使ったアインの剣は、イシュタリカでも並ぶ物がないほどの名剣だ。切れ味はお墨付きで、剣を打ったのがムートンということもあって、驚異的な一品に他ならない。

故にここまで耐えたことを誇るべきで、ローガスの大剣が限界を迎えたのは当然である。

彼の手元にあった大剣は無残にも砕け散ってしまうが、それでもローガスは諦《あきら》めず、足元に落ちていたハイム兵の剣を拾った。

「大将軍は死なずッ！　私は未《いま》だこの地に立っているッ！」

大剣を折られようとも、ローガスの心までは砕けなかった。

「………ローガス・ラウンドハート」

アインがその名を口にした刹那《せつな》、二人の身体が重なり合った。

ハイム兵は大きな歓声をあげ、大将軍ローガスの勝利を喜んだ――――が、ローガスの背中から一本の剣が生えていたのを見て、ある者は膝《ひざ》をつき、ある者は言葉を失い佇《たたず》んだ。


「――――俺の勝ちだ」


だらん、とローガスの腕が力を失い、剣を地面に落とす。

呼吸が徐々に勢いを失っていき、とうとうローガスは、身体を任せていたアインの肩から崩れ落ち、うつ伏せに横たわる。

「この………憎きイシュタリカの……王太子……め……が……」

その言葉を最後に呼吸は止まり、ただ、大地を血潮が濡《ぬ》らすだけ。

数秒、アインは何も口にせず佇んでいた。

言葉に出来ない辛《つら》さがここに来て心を蝕《むしば》んでいくが、止まってもいられない。

親殺し。

その言葉がアインの脳裏をよぎり、強く心を痛めつける。だが、アインは気を強く持ち、剣を天に向けて高く高く掲げると。

「大将軍ローガス、この王太子アインが討ち取った――――ッ！」

と、この勝利を戦場中に響き渡らせた。

穢《けが》れた玉座の下へ

アインが高らかに宣言をすると、戦場は一瞬の静寂に包まれる。

しかし、少しの間をおいて今日一番の騒ぎを見せた。あるところでは歓声、またあるところでは
ローガスを惜しむような……悲しみに満ちた声が戦場に木霊《こだま》した。

「ッ――――アイン様！」

アインの馬を引き連れ、ディルが近くに足を運んだ。

使った体力以上に疲れた様子のアインを見たディルは息を切らし、慌てた様子で傍《そば》に駆け寄った。

彼は主君の心境を察し、どうしたものかと多少の迷いを見せたが……。

「さぁ、アイン様。参りましょう」

ぎゅっと手を取って、返事も待たずに馬の下へ連れて行く。

「あ、ちょっ……ディル！　自分で歩けるって！」

ディルの行動に呆気《あっけ》にとられながらも、ディルに引かれるままアインは進む。そして背中を押されるがままに乗馬すると、整い切ってない呼吸を抑えながらもディルに尋ねる。

「急にどうしたのさ」

「………赤狐《あかぎつね》との決着はまだ付いておりませんよ」

ディルの言葉は心に揺らぎが生じはじめていたアインを勇気づけた。

「一足先にマジョリカ殿が騎士を連れ王都に攻め入っております。ハイム兵は大将軍ローガスを失ったことで浮足立っておりますので、一気に勝負を決めましょう」

それに、ローガスとの戦い以前にも、戦況は大きくイシュタリカ側に有利に展開していた。

今では殊更イシュタリカの優勢で、ハイム兵は王都に逃げ込むどころか、明後日《あさって》の方角へと走り去っていく者さえ居る始末。

やはり、あの戦場では第一王子レイフォンが放っていた瘴気《しょうき》が影響していたのだろう。

死兵と化して、人らしさを失っていたあの兵士たちとは大違いだった。

ここまでくれば、ハイムに残された拠点はあと一つだ。

「ハイム王都に攻め入り、王城を落とさなければなりません」

「ああ、分かってる」

馬を数歩ほど進めたアインが王城へ黒剣を向ける。

近くの地面にはまだローガスが横たわったままだが、嫌悪感や後ろめたさから来る負の感情により振り向くことはできなかった。

もう一度視界に収めるだけで、心に新たなしこりが生まれそうだったからだ。

「行こう、これが本当に最後の戦いだッ！」

イシュタリカの軍勢がアインにつづいて進軍を開始したのは、それから間もなくのことである。

◇◇◇

アインがハイム王都に足を運んだことは一度しかない。しかし、その一度が強く印象に残っている。

当時は華々しく感じた王都の景色《けしき》も、今では戦場と化したせいで惨憺《さんたん》たる様相を醸し出す。馬車で通ったはずの大通りも、あの日は心躍らせた街並みもすべてが以前と違う。アインが最初に感じ取ったのは、血と建物が焼ける匂《にお》いであった。

「殿下ッ！　大丈夫⁉」

アイン率いる軍勢の到来を知り、マジョリカがアインの下へとやってきた。

「あ、マジョリカさんだ」

「なーにがマジョリカさんだ、よ！　心配してたんだから！」

別行動をしていたマジョリカが合流すると、力強い両手でアインの頬を挟む。

怪我《けが》がないのを確認すると、物凄《ものすご》い肺活量でため息をついた。

「決着は付いたのね？」

「……うん。なんとか付けてきたよ」

苦笑いのアインに向けて、マジョリカは複雑そうな面持ちで頷《うなず》く。

すると、マジョリカははっとした様子でアインに話しかける。

「元帥閣下もここに向かって来てるみたい。もうすぐ到着すると思うわよ」

ロイドが足を運ぶということは、エドワードに勝ったということだろう。

そう考えてほっと胸を撫《な》で下《お》ろしたのもつかの間。

向かって来ているのがロイドなのは良いが、クリスやリリの名前がなかったことが気になった。

「クリスは？」

「…………」

「マジョリカさんッ！」

「――――ごめんなさい。私にも分からないわ。あの子の姿がなかったっていうだけだから、もしかしたら別行動をしてるのかも」

「アイン様！　クリス様が倒れたとは限りません！　その事実を知るためにも、早く王都で決着を付けましょうッ！」

呆然《ぼうぜん》としたアインの肩をディルが揺らした。

すると、アインはすぐに気を取り直して「ごめん」と短く謝罪する。

ここで心配していても、何一つ好転することはない。

頬を強く両手で叩《たた》き、握《にぎ》り拳《こぶし》に力を込めて爪を食い込ませ、その痛みで感情を誤魔化《ごまか》す。

「それじゃ、俺は……」

城下町を見渡したアインはここで気が付く。

（指揮をする人が少ないか）

有事の際には近衛《このえ》騎士が指揮を執ることが可能であったし、それこそ部隊長や将軍に値する者だってイシュタリカの軍勢には存在する。

そうは言っても、多いに越したことはない。

考え込んでいたアインへとディルが言う。

「私が城下町の騎士を率います。アイン様はマジョリカ殿と共に、先に王城へ向かってください」

「あら、貴方《あなた》はそんな大役を私に任せるの？」

「私の方がここで騎士の指揮をするのに向いています。それに、騎士も私の命令の方が聞きやすいと思いますので」

言い終えたディルがアインの前で腰を折る。

「少しの間だけお傍を離れることをお許しください。……すぐにこちらを落ち着かせて合流いたします」

「分かった。じゃあ、ディルが来るまでにこっちも勝負を決めておくよ」

「ははっ、それはいい。でしたら私は、アイン様がお帰りになる際の道を作っておきましょう」

二人は笑顔で頷き合うと、アインは馬の向きを変えた。

しかし、王城へ馬を走らせようとしたところで思い出す。

「マジョリカさん。また魔石もらってもいい？　お腹《なか》が減っちゃって」

「あらあら、食いしん坊ねぇ。殿下ったら」

苦笑したアインに向けて、マジョリカは懐から新たな魔石が入った袋を手渡す。受け取ったアインはすぐに手のひらに置いて吸収していく。

それを終えたところで、満足した様子で馬を走らせた。

◇◇◇

一方で残ったディルは弩砲《どほう》の配備や、町中で襲い掛かるハイム兵に向けての対処に追われた。

すると、城門の方から新たな味方が到着する。

「あれは……もしかして……」

ディルは城門の方に目を向けた。

「父上ッ！　ついに到着されたのですねッ！」

見えてきたのはロイドが率いるイシュタリカの軍勢である。

先頭に立ち、一行を率いる父ロイドの姿へと大きく手を振って知らせたディルが、同時に父の新たな負傷に気が付き眉《まゆ》をひそめた。

「ディル護衛官。オーガスト家のご家族の情報を得ました」

ロイドを待っていたディルの下へと、一人の近衛騎士が足を運んだ。

「オーガスト家……アウグスト大公家の方々か？」

「左様でございます。何やら、ハイム兵によってアウグスト大公邸が封鎖されておりました。中にご家族の方々が軟禁されているものと思われます」

「では救出に取り掛かろう。いくらかの近衛騎士を連れてアウグスト大公邸に向かえ。元帥閣下には私から伝えておく」

「はっ！」

「これでクローネ様が悲しまれることはない……よし、私は父上と情報の共有を――――」

近づきつつある父の下へ、自分からも距離を詰めようとしたところで。

「イた。いた、居た、イタ、居た、いた！」

突然、屋根の上からローブを着た者が三人降りてきた。

掠《かす》れて男女の区別すらつかない不気味な声が背後から聞こえ、振り向いたディルが見たのは錆《さ》びた剣を構えた三人が一斉に襲い掛かろうとしたところである。

………フードで隠された顔から覗《のぞ》く口元の肌は、青紫色をしていた。

「見つけた、見つけた、ミツケタ！」

「アハァ……ッ！」

ディルは剣を抜き、襲い掛かってきた三人を難なく迎え撃ったが、気味の悪い口調には身の毛がよだちそうになる感覚に襲われる。

幸運なことに、三人はお世辞にも強いとは言えなかった。

「アッ痛い、痛い、痛いッ！」

「足だぁ……ッ！　私の足だぁ……ッ！」

一人目の頬を切り裂くと過剰にのたうち回る。

もう一人はディルに両足を切り裂かれたのに、這《は》い蹲《つくば》りながらも、切断された両足を幸せそうに抱き、愛《いと》おしそうに撫でだした。

全身に鳥肌が浮かぶほどの底気味の悪さを前にして、手加減のない剣戟《けんげき》を向けた。

「見つけた。ミツケタ。視付《みつ》けた」

最後の一人を切り伏せ、ここで三人組がようやく息絶えた。

いったい何が。

今のは自分と同じ人間だったのかと疑問に思い、フードを取ろうと近づいた。

『…………ィルッ！　ディルッ！』

遠くから、父が自分を呼ぶ声が聞こえてきた。

鬼気迫る声は彼からだけでなく、いつしか近くに居た近衛騎士からも聞こえてくる。

なんであんなにも慌てているんだろう。

このとき、ディルは本当に何も気が付かなかったのだ。

――いつの間にか背後に現れ、剣を抜いていたグリントの姿に。

「お前だけは、俺がこうして剣を突き立てると決めていたんだ」

ディルの喉《のど》を温かく鉄臭い液体が逆流する。

「か……はぁっ……」

何が起きたのか分からず、ディルは急激に熱を持った箇所に目を向ける。

すると、鍛え上げられた腹筋の中段から、うっすらと光る剣が、ディルの血液と共に姿を見せていた。

「わ、私は……剣で攻撃……を……？」

膝《ひざ》から力を失いはじめたディルだったが、背後から強く蹴《け》られたことで、地面に全身を強打する。

深紅の血潮が石畳を濡《ぬ》らしていく。

手を当てても流れ出る血液が止まらない。

「今度はあの男だ…………。アイツにも、父上を殺したアイツにも剣を突き立ててやる」

吐き捨てたグリントが馬を走らせる姿を前にして、横たわったディルは力なく腕を伸ばしながら弱々しく呟く。

「ま……待て……ッ……」

寄ってきたイシュタリカの騎士を軽くあしらうと、グリントは足早に立ち去って行った。

「ディル……ディルッ!」

大急ぎで馬を走らせたロイドが悲鳴に似た声でその名を呼ぶ。

流れる血液の香りは、何処《どこ》の戦場でも等しく漂っていたものだ。

だが、今はその香りはディルを中心に漂っている。このことが、父のロイドへ鼻をもぎたくもなる不快感を抱かせた。

「かふっ……は……ぁ……」

ロイドの膝に頭を移されたディルが苦しそうな呼吸と共に、真っ赤《まっか》な鮮血を口から漏らす。

すると、その時だ。

「何事ですかッ!」

騒ぎを聞きつけたバーラが少し離れた場所から声をあげる。

近衛《このえ》騎士に囲まれた場所で、ロイドが膝をついているのに気が付くと、白衣を靡《なび》かせながら駆け足で近づいた。

バーラは白衣の袖《そで》をまくると、意識を失ったディルの患部を確認する。

鎧《よろい》をとり、服を脱がせ、グリントに刺された傷を見ると、重苦しい表情でロイドに視線を移した。

「バ……バーラよ。大丈夫だな？　ディルはなんとかなるな？」

彼女はロイドに返事をせず、懐から取り出したガラスの容器に収められていた液体をディルの傷口へ振りかけた。

つづけて注射器を取り出して首筋に打つ。

いつしかディルの呼吸が落ち着きを取り戻し、彼はすぅっと意識を手放した。

「ここではこのぐらいしか出来ません」

と、バーラが神妙な面持ちを向けてきた。

「……延命に近い処置です。急いで戦艦に移送して本国で治療すれば、もしかすると一命を取り留められるかもしれません」

つまり、それぐらい切迫している状況なのだ。

でも、今この場で最悪の展開は免れたと知ったロイドがバーラの手を握って感謝した。

「元帥閣下！　バーラ殿！　乗り捨てられた馬車がございますッ！」

近衛騎士の言葉に、ロイドが呆気《あっけ》にとられてしまう。

「さぁ！　急いでディル護衛官を！」

「私も同行します！　元帥閣下、ディル護衛官を早く馬車へ！」

「ッ――……すまない！」

ロイドは涙を浮かべて感謝した。近衛騎士と協力して、重傷者とディルを馬車に乗せると、何人かの近衛騎士を護衛につけて走らせた。

こうしちゃいられない、とロイドがエドワードを探しに行こうとしたところで。

「ロイド様。一つご相談が」

彼の下を訪ねた近衛騎士が言う。

「どうしたのだ」

「実はディル護衛官にもお伝えしたのですが、アウグスト大公邸にて、クローネ様方のご家族が軟禁されているのです。ディル護衛官の指示によって救出に向かったのですが、敵兵が多く苦戦しております」

「報告ご苦労、状況は理解した」

ロイドはアウグスト大公邸に向かおうとする前に尋ねる。

「アイン様はどうされた？　すでに王城へ向かわれたのか？」

「はっ！　向かわれた模様です！」

「であれば私はアイン様の下へ……いや、しかし……」

逡巡《しゅんじゅん》したのは、仮にアウグスト大公邸で何かがあれば、アインが強く悲しむからだ。

しかしロイドの主君はシルヴァードであり、イシュタリカ王家に他ならない。

今は何よりもアインを優先しなければと思いつつ、後ろ髪を引かれる思いで王城へ向かうと口にしようとしたところで。

「元帥閣下ッ！　アウグスト大公邸へハイム兵が集まっておりますッ！」

新たに届いた連絡を聞き、ロイドは決心する。

開戦前にアインと交わした言葉を思い返し、自分が為《な》すべきことを再確認したのだ。

「急ぎアウグスト家のご家族を救出するッ！　一瞬で片を付けるぞッ！」

片腕が使えない自分が出来ることを考え、苦渋の決断を下したのだ。

口にしたくないが、今の状況では近衛騎士を数人相手にするだけでも厳しくて、あまり戦力らしい戦力になれるとも思えない。

故に彼は、ここで一番アインのためになることを考えて、アウグスト大公邸へ馬を走らせることに決めたのである。

◇◇◇

アインはマジョリカと数人の近衛騎士を連れて、ハイム城へと足を踏み入れていた。

「はぁぁあああッ！」

「ふっ！　やぁあああッ！」

近衛騎士がハイム兵を切り伏せる。

「ぬぉぉらぁあああ――ッ！　ほら、こっちも終わったわよッ！」

その近くでは、マジョリカが自慢のメリケンを披露する。

城内に足を踏み入れてから何度目かの襲撃を軽く一蹴《いっしゅう》した一行は、近くで剣を振っていたアインを見た。

「こっちも問題ないよ」

皆の視線へとアインはすました顔で答えた。

近衛騎士やマジョリカのすぐ傍に倒れる兵士、その倍の数を一人で切り伏せたアインは、何一つ疲れた表情を見せず平然とした様子だ。

「殿下の身体《からだ》はどうなってるのよ」

「どうなってるって？」

「強くなりすぎじゃないのかしら、ってことよ」

「ひ弱な王太子ってのもカッコ悪いからね」

魔王化の件は伏せ、城内の様子に今一度目を向けた。

今いる場所は謁見《えっけん》の間へつづく一本道で、豪奢《ごうしゃ》な絨毯《じゅうたん》やシャンデリア、どこを見ても煌《きら》びやかな宝飾品や芸術品が並んでいた。

あまりいい趣味とは思えないが、これが贅《ぜい》を凝らしたハイム王城の姿なのだ。

「あれが謁見の間のはずだ。あそこにガーランドたちが居るはずだよ」

「どうしてそう思うの？　逃げてるとは思わなかったのかしら？」

「……うーん。なんていうか、自室で待ってるっていうよりかは、謁見の間とかの方がそれっぽいかなーって思っただけだよ」

「あら。つまり言い方を変えれば、勘ってことね？」

「残念なことに、否定はできないんだよね」

ばつの悪そうな顔のアインを見て、マジョリカや近衛騎士が笑い声をあげた。

敵の本拠地でそんなことをしたら不用心……というのも事実だったが、彼らはこうして、彼らなりに緊張をほぐす。

緊張で身を潰《つぶ》されてしまわないようにと、一同はつづけて深呼吸や屈伸などで間を取った。

「でも助かったわー」

「ん？　何が？」

「殿下が城の中を知っててよ。だって、何も知らなかったら迷いそうじゃない。ここ、腐ってもお城だもの」

「……え？」

「……え、って何かしら」

マジョリカの言葉に、アインが再度、ばつの悪そうな顔を見せた。

「俺もこの城に来たのはこれがはじめてだよ」

「はい？　じゃ、じゃあどうして確信めいた足取りでここまでッ！」

「い……いや、だって、こうやって奥の方に進めば、謁見の間があるだろうなーって思って」

一同はもう一度呆気にとられた。

すると、近衛騎士たちがさっきよりも大きな声で笑い声をあげる。

「はっはっはっはっ！　聞きましたかマジョリカ殿！」

「まったく、我らが王太子殿下は本当に器の大きなお方だ」

数人がこうした声をあげると、マジョリカは瞳《ひとみ》に涙を浮かべて笑い出す。

「まったくの無計画じゃないのよぉっ⁉」

「ははっ…………悪いとは思ってるよ。けどさ、実は他にも理由はあるんだよね」

数歩、皆の先を歩くアイン。

その背には、皆が他の誰かの気配を感じていた。

もしも初代国王ジェイルが居たら、こんな風に自分たちを率いていたのかも、と、こう考えさせられる。

「イシュタリカ王家の血が教えてくれるんだ。この先に、最後の敵が居るってね」


それから。

数分も歩かないうちに、一行は巨大な扉の前に立った。

扉は見た目が強固というだけでなく、彫刻や豪華な飾りなどを見せつけてくる。そんな中、二人の近衛《このえ》騎士が一歩前に進み、両開きの扉に手を掛けた。

「殿下」

扉に手を掛けた近衛騎士が口を開いた。

いつでも準備はいいぞ。近衛騎士は暗にそう告げる。

マジョリカがアインの肩に手を当てて合図をすると、アインは一度深呼吸をしてから近衛騎士に答えた。

「扉を開けよ」

王太子然とした態度で命令を下す。

巨大な扉が左右に開き、中の様子が明らかになっていく。

高い天井に、ここまでつづいた廊下を更に豪奢にした空間は、イシュタリカの謁見の間とは似ても似つかない。

最奥に置かれた大きな玉座には、ガーランドらしき者が俯《うつむ》いて座っていた。

アインの目の前を行く近衛騎士はゆっくりと足を進め、強く警戒した。

玉座へつづく絨毯を踏みしめながら、後ろに控えるアインとマジョリカも一歩を踏み出す。

「臭うわね。冒険者時代によく嗅《か》いだ匂《にお》いだわ」

マジョリカにつづいてアインが口を開く。

「皆、一度俺の後ろに下がれ」

近衛騎士に命令すると、彼らも二人の会話を聞いて察する。一様に悔しそうな態度を見せると、素直にアインの背後に移動した。

「顔色が悪いぞ、ハイム王」

腐った、というのは言い過ぎだが、紫がかった顔色で瞳をギョロギョロと動かすガーランドには以前の人間らしさはなかった。

彼は焦点の定まらない表情で立ち上がると、半笑いでアインを指さした。

「おほぉ……貴様を招待した覚えはないが……」

レイフォンよりかは流暢《りゅうちょう》な話し方だが、声の節々に孕《はら》んだ奇怪さは気のせいではない。

「あぁ、俺も来たくなんてなかったよ」

ガーランド本人に理解する能力があるのかは知らない。

魔王アーシェのように操られているのかもしれないが、アインにはそれを知る由もない。

「人を探しているんだ。一人目は今見つけたんだけど、実はもう一人いる」

そう言うと、アインはガーランドに向けて更に足を進めて。

「俺はシャノンという女性を探してるんだ」

静寂に包まれる謁見の間で、アインはガーランドを真っすぐに見て尋ねた。

後ろからはマジョリカや近衛騎士が生唾《なまつば》を飲み込む音がした。

「貴様がその名を呼ぶでないッ！」

憤慨したガーランドが大股《おおまた》でアインに近づこうとしたと同時に。

玉座の物陰から、一人の少女が姿を現す。

「陛下。私は気にしませんわ。だから、そう怒らずともよいのです」

「だが、奴《やつ》は礼儀も弁《わきま》えずそなたの名を」

「いいのです。さぁ、陛下。もう一度玉座に」

アインが彼女の姿を見たのは、もう十年近くも前のことだ。

それでもアインはすぐに気が付き、ガーランドに向けていた視線を彼女へ向けた。

きっと、彼女がシャノンだ。

パーティ会場に居たら異性の視線を独り占めするであろう華の持ち主で、天使のような可憐《かれん》さを湛《たた》えていた。だが裏腹に、何処か年相応ではない妖《あや》しい艶《つや》を漂わせている。

（あっさりしてるな。警戒してないのか？）

こうまですぐに姿が見られるとは思っていなかったこともあって、若干困惑してしまう。

眉根《まゆね》を寄せていると。

「おお！　そなたがそう言うのであれば座ろうではないか！」

ガーランドはシャノンの言葉に応じて玉座に座り、嬉《うれ》しそうな笑みを浮かべた。

好々爺然《こうこうや》と笑い、シャノンの手に頬ずりをして悦に浸る。

シャノンは彼が満足したところで玉座の前へ立ち、何も言わずにアインを見た。彼女の瞳が眩《まばゆ》い黄金色に染まっていき、きん、と皆の耳に音を響かせた。

だが、何もない。

けれど、アインが居なければどうにかなっていた。

「――――効いていない、ですって？」

確か〈孤独の呪《のろ》い〉と言ったはず。

初代国王別邸に残されていた日記には、そう記されていた。

(呪いに対して、毒素分解ＥＸが通用したのか？)

そもそも呪いという概念について詳しくないが、少なくとも菌や毒の類ではないはずだ。

「そう。貴方には私の魅了が通用しないのですね」

「魅了だって？　お前の力は孤独の呪いじゃ――――」

アインは考え込んだ。

魅了というのがシャノンの持つ別の力であるならば、孤独の呪いと呼ばれる、人々を操った力との違いは何だろう。

それを今、この場で使った理由もあるはずだ。

たとえば、その魅了を使わない限り呪いが作用しない、とか。

「呪いは使わないのか？」

「あら、呪いも使ってほしいのですか？　ご所望でしたら構いませんが、それではここまで来ていただいた意味がありませんわ」

「分からないな、お前は俺を待っていたとでもいうのか？」

未《いま》だ目的がはっきりしていないことについて尋ねた。


「…………さぁ、どうでしょうか」


一瞬、シャノンは返す言葉に迷っていたように見えた。

彼女はアインの顔を見て何度も目元を震わせ、最後にきゅっと唇を結び、弱々しい声でそう口にしたのである。

マルコの言葉を思い返すと、彼女はアインを待っていたことになる。

今の含みのある言い方からも予想できた。

（どうしてだ、俺とシャノンの間に確執なんて一つもないのに）

何をどう考えても理由が不明で、混乱してしまう。

前にも考えたが、狙《ねら》いがイシュタリカ王家の者であるならば、アイン以外を狙うことだってしたはずなのだ。

「答える気がないなら構わない」

しかし、やるべきことは変わらない。

たとえシャノンに何かしらの目的があり、アインを待っていたとしてもだ。

「冷たい人ですのね。大切な人たちが今わの際を彷徨《さまよ》っているというのに」

「何のことだ」

「あら、知らなかったのですか？　エドワードが言ってましたわよ。命を奪うことは叶《かな》わなかったが、もう時間の問題ですって」

「お前は誰《だれ》のことを言っている」

「あまり詳しくは存じ上げませんの。でも、貴方の傍にいた方たちだそうですよ？　一人は大きな身体の殿方で、もう一人は美しいエルフと聞いていますす」

アインが狼狽《ろうばい》する。

激しく不規則に脈動する身体を両手で押さえても、少しずつ呼吸は荒れていった。

精神的な隙が生まれるが、強い瞳でシャノンを見る。

「――――信じない。早く決着を付けて二人を迎えに行く」

「いいえ。不可能です」

「不可能なんてあるもんか。さっさとお前を殺せばいいだけだ」

「そういえば、一つお聞かせ願えますか？」

シャノンが食い気味に尋ねる。

「バードランドでは、どのようにレイフォンを処理したのです？」

彼女が第一王子を呼び捨てにしたというのに、ガーランドはシャノンの傍で機嫌が良さそうだ。

ガーランドはシャノンの手に頬ずりをしようと顔を近づけるが、彼女はそっとガーランドをあしらう。

「あの瘴気《しょうき》なら、いくらイシュタリカといえども一溜《ひとた》まりもないという想定だったのに。あの子……エドワードが鬼気迫る顔で帰ってきたんですもの。驚きました」

語るシャノンの様子は心底不思議そうだった。

つまり、レイフォンも一種の切り札だったのだろう。彼女の話を聞き、アインは心の中で納得する。

「弟の婚約者だというのに、俺の生まれ持った異能を聞いたこともないのか」

「いえ、先ほども言ったように存じ上げております。ですが、瘴気は毒ではありませんし。それこそ、魔石に込められた魔力のようなものですわ」

「魔石だろうが瘴気だろうが、俺の毒素分解には関係ない」

「たとえ魔石だろうとも、ですか」

少し目を見開き、シャノンが驚いた表情を浮かべる。

特に、魔石という言葉に興味を抱いたらしく、小さく魔石と繰り返し呟《つぶや》いた。

「俺からも尋ねたい。エドワードはバードランドから帰ってきてから、レイフォンが死んだ以外のことは報告しなかったのか?」

「他にも聞きましたわ。貴方が古い力を使っていたと」

デュラハンの幻想の手のことだろう。

「それで、どうしてそのエドワードがここに居ないんだ?」

「さっきはいいお仕事が出来なかったようですから、王都に蔓延《はびこ》る貴方の部下を倒しに行かせましたの。今頃《いまごろ》、貴方が連れてきた騎士の命を奪いに向かってるはずですわ」

シャノンは語った。心の底から面倒くさそうに、それでいて、エドワードのことをどうでも良さそうに口にした。

(俺が来ると知っていたのに、どうしてエドワードを行かせたんだ)

警戒心をむき出しにしたアインへと、シャノンは微笑《ほほえ》んで言う。

「貴方を倒すべき方はエドワードではないのです」

彼女がそう言うと、謁見《えっけん》の間の扉が開かれた。

「その方こそが、貴方を倒す聖剣となるでしょう」

現れた男はアインやマジョリカに目もくれず、絨毯《じゅうたん》の上を歩いてシャノンの隣へやってきた。

シャノンは近づいてきた男の頬にそっと口づけをすると、数歩下がって場所を譲る。やってきた男はアインに倣って剣を抜くと、冷たい瞳でアインを見た。

気になるのは男の姿だ。彼はシャノンに口づけをされるや否や、身体《からだ》中を眩い白い光に覆われた。

「我らがハイムを弄《もてあそ》び、挙句の果てには偉大なる父上の命を奪った親殺しめ。よくここまで足を運べたものだな」

やってきた男――グリントがアインを親殺しと呼ぶ。

「お前だけじゃない。俺の聖なる力はイシュタリカだって滅ぼせる」

言うや否や、グリントの全身が白銀の光を放った。

そして、彼が手にしていた剣が光を纏《まと》う。

「グリント様……どうかご無理はなさらずに」

「悪いがシャノン。それは約束できない」

シャノンは何かが気にかかったのだろう。グリントの答えを聞くと、慌てた様子でグリントの肩に手を置いた。すると、アインへ声は届かなかったが、グリントはシャノンを抱きしめ、耳元で囁《ささや》いて彼女をなだめた。

――――グリントは操られていないのか？

彼女の言葉を拒否したところが気になったが。

（そんなことを気にしている場合じゃないか）

もはや手加減は不要だ。

クリスの状況も気になってしょうがないアインは、背中から六本の幻想の手を繰り出す。

黒剣を握る手に力を込めると、数歩進んで幻想の手をグリントに伸ばした。

「親殺しでは飽き足らず、本当の化け物に成り下がったかッ！」

アインは驚愕《きょうがく》させられる。

六本の幻想の手が、グリントが振った剣により光の粒子と化して消し去られてしまったからだ。

一方で、グリントは憎しみを込めていながらも、どこか誇らしそうに口を開く。

「ハハッ……ハハハッ！　兄上……アイン……！　見ただろう！　これこそ、たとえイシュタリカであろうとも存在しない、偉大なる聖なる力だッ！」

日陰が欠けるかのように、グリントを中心とした眩いオーラがアインへと届く。

強烈な日焼けと錯覚させる痛みがアインの皮膚に伝わった。

「みんなは――――ッ！」

「私たちは特になにもないわ！　殿下のおかげで無事よ！」

グリントが発するオーラはマジョリカたちにも届いたはずなのに、どうして。

当然ながら、アインが浄化できたわけでもないため、通常であれば、彼らも等しく痛みを覚えるはずなのだが。

「いや、俺だから効いたってことか」

魔王という存在に進化したアインにとって、ということだ。

「本当に悪役みたいだよ……ほんとに」

親殺しという言葉に加え、たったいまの現象を考えて自らを嘲笑《ちょうしょう》した。

アインはそれから気を取り直してグリントに語り掛ける。

「グリント。その力はどうしたんだ？」

「決まっているさッ！　この俺がシャノンの祝福によって、天騎士まで昇華したってことなんだよッ！」

「……祝福、ね」

道理で、と納得した。

恐らくその天騎士とやらの力が、魔王の力を浄化でもさせているんだろう。彼が纏うオーラだけでなく、グリントそのものがアインの天敵になりえるということだ。

天騎士という言葉も久しぶりに聞いたが、確か聖騎士の上級職だったたか。

祝福というスキルの信憑性《しんぴょうせい》は気になるが、それ以上に、アインに対する絶対特攻の方が気になって仕方ない。

「先にお前を倒さないといけないのか」

直接的な殺意をグリントに抱いたことはないから、切り伏せるというのが素直に受け入れられない。

だが――――。

「天騎士と聞いても落ち着いてるのは気に入らないが、お前もすぐにあの男と同じようになる」

あの男？　と疑問に思ったアインが鋭く磨かれた双眸《そうぼう》をグリントに向けた。

敬愛して止《や》まなかったローガスからも受けたことがない強烈な圧に対し、グリントは思わず一歩後退しそうになるも、すぐ傍に愛する女性が居るとあって、気丈にもその足を止めて勝気に口角を吊《つ》り上げた。

「お前の護衛をしていた男のことだ」

「ッ……ディルに何をした！」

「別に。以前受けた屈辱を晴らしてきただけだ」

アインが纏う空気がざわつく。

すると、後ろで聞いていたマジョリカたちも顔色を変えた。

「俺の聖剣であの男を殺した。もう、あとはお前だけだ――――アイン」

聖剣。

一見すればただのロングソードだったが、持ち手であるグリントの力が関係しているようだ。

その本質は分からないが、グリントが持つ剣が放つ輝きはアインの全身を蝕《むしば》んで、肌に強くやすりを掛けたような痛みを感じさせた。

しかし、そんなことよりも重要なことがある。

「ディルを……殺した……？」

唖然《あぜん》とした表情でグリントを見ると、アインはすがるように手を伸ばして語り掛ける。

するとグリントはその姿に多少の溜飲《りゅういん》を下げた。

「ははっ。お前がそんなに辛《つら》そうになるのなら、父上の無念も晴れるだろうさ」

嘘《うそ》だ。こいつは嘘を言っているんだ。

必死になって心の中で否定すると、アインは更に一歩を踏み出す。

胸が不快に早鐘を打ち、全身が魔力を求めたことで極度の空腹感に襲われた。

「もういい。口を閉じろ」

「……なんだと？」

「お前と戦うための時間が惜しい。一秒でも早く、皆のところに行かないといけないんだ」

さっきまで、明確な殺意を抱いたことのなかった相手なのに、まさかこんなにもすぐ、それに似た感情を抱くことになるとは思わなかった。

アインは再度、幻想の手を繰り出して黒剣を構えた。

幻想の手はさっきと比べて節々が逞《たくま》しく、更に力を込めて作られたのがよく分かる。出現したのは六本で、それらが扇状に広がった。

「父上がお前を見限ったのは正解だったな。ただの魔物に成り下がったか！」

「グリント様！　あまり力は使いすぎないでくださいませ！」

グリントのすぐ後ろから、シャノンの心配した声が届く。

「その力は悪しき存在を祓《はら》うでしょう。グリント様にだけ許されたお力ですが、ご無理をして身体に影響が出るのは避けてくださいませ！」

「大丈夫だよ。伝承にもあるだろ？　天騎士は魔物相手に手こずることなんてあり得ないんだ」

「え、ええ……！　それはもう、以前も似た力を見たことがあるので、よく存じ上げております。ですが、絶対に無理をしてはなりません！」

「ん？　以前？　それに似た力っていうのは……」

疑問符を抱いたグリントだが。

「もうはじめていいか。グリント」

足を進めたアインから漂う重圧に気を奪われてしまう。

「ああ、父上の仇《かたき》を取ってやる」


――――謁見《えっけん》の間に響き渡る剣戟の音は、イシュタリカの近衛《このえ》騎士ですら息を呑《の》んだ。

中には昔、アインと共に名代としてエウロへ行ったことのある騎士が居たのだが、アインと戦うグリントの強さは以前と比較にならない。

少なくとも、イシュタリカに来ても目立つ実力者だろう。

「ははっ……なんだよ、おい！」

数度の凌《しの》ぎ合いを経て、グリントは眉《まゆ》を上げると、自慢げな表情でアインに語り掛ける。

「お前の攻撃、全然効かないじゃないか！」

「強気だな。グリント」

グリントは強気だった。アインの攻撃を防ぎつづけられたことがその理由で、未《いま》だ息の一つも切らしていないからだ。

「当たり前だろ！　俺を苛立《いらだ》たせつづけたお前を倒せて、父上の仇も取れる。これほど澄んだ気持ちになるのは生まれてはじめてだからなッ！」

するど、アインが数歩下がって距離を取る。

マジョリカたちが固唾《かたず》を飲んで見守る中、グリントという少年の強さについて考える。

（技量は大したことない。近衛騎士には勝ててもロイドさんやクリス、それに、エドワードやローガスにすら劣っている）

では何故《なぜ》、こうしてグリントはアインに対抗できている？

「ぜぁぁぁあああッ！　ほら、そう簡単に退けられると思うなよッ！」

気迫に満ちたグリントの一撃が迫り、アインの頬を掠《かす》る。

（ッ――そうだ、この一撃がおかしいんだ……！）

アインは軽く舌打ちをすると、傷口から入り込む染みるような痛みに顔を歪《ゆが》める。

グリントの放つオーラは近くに居るだけでも、身体を蝕みつづけた。

「どうした！　お前、本当に父上を倒したのかッ⁉」

剣筋は鋭いが目を見張るほどじゃない。

――やっぱり。

――グリントの膂力《りょりょく》が普通じゃないんだ。

自惚《うぬぼ》れるわけじゃないが、アインはマルコという強者《つわもの》との決闘にすら勝利した過去があり、今では魔王として種を高めた実績がある。

だというのに、急激に強くなりすぎているグリントには違和感があった。

「変だな。腕力がまるで別人じゃないか……ッ」

「決まっている！　俺が選ばれた男で、彼女の祝福のお陰で天騎士に到達したからだ！」

「だから、それこそおかしいって言ってるんだよ！」

グリントにおかしいと言葉を投げかけながらも、アインは煩わしい痛みを抑えてグリントの剣を防ぐ。

相変わらず重く、振りが素早い剣戟だったが……。

（これだけなら）

………耐えられる。

決して目が追いつかないわけでもなく、今の膂力でも十分に対応が出来ている。

万が一、ここに一目置くような技量が混ざってさえいれば、アインも劣勢に立たされていたかもしれないが、そうではない。

（それに―――少し似てる気がする）

グリントが纏《まと》った白銀の光には既視感があった。それも、最近のことだ。

迫りくる剣戟を躱《かわ》しつつ、脳裏を掠めるはシス・ミルにて訪れた聖域でのこと。あの場所で剣を交わしたジェイルの幻影が纏っていたのも、白銀だ。

アインはふと、思い出したようにシャノンを見た。

（以前も似た力を見たことがある……？）

足を止めたアインの視線の先。

対するグリントは、忌み嫌う兄が見ていた存在に気が付いた。

「お前ッ……シャノンをその目で――――」

「お前はこの剣を見たことがあるか？」

「シャノン！　こいつの声に耳を傾ける必要はないッ！」

しかし、彼女はここに来て確かに視界に収めた。

ここまで特に気にすることがなかったアインの黒剣を、ようやくその外観を見て、ハッとした。

彼女は片手で口元を覆い、全身を弱々しく震わせてしまう。

「どうしてその剣を……ッ！　やっぱり貴方は……ッ」

「……なるほど、そういうことか」

間違いない。

シャノンが口にしていた以前も見た力というのは、ジェイルのそれだ。

だとすれば他に分からないのは、彼女がグリントに無理をするなと何度も言い、不安そうにしていたことだ。

（ジェイル陛下だからこそ使えた力だった……？　でもグリントとジェイル陛下の力は別物だってシャノンが言ってる。だったら、ここに来てようやく天騎士とやらの力が使えるようになった理由はなんだ）

決まっている。何か、使うことによる瑕疵《かし》があるから、シャノンが今までグリントに使わせなかったのだ。

「ッ――――嫌ッ！」

不意にシャノンが身体《からだ》を抱き、膝《ひざ》をついての叫喚。

「グリント様ッ！　あの剣を砕いてくださいッ！　一秒でも早く！　あの剣を使うアイツをすぐに殺してください……ッ！」

明らかに、彼女はジェイルとの間に何かあった。

ジェイルの日記にその理由は書かれていなかったが、シャノンは自分を許さないと口にしていたという記述が遺《のこ》されていた。

「シャノン、初代陛下と何があったんだ」

「煩《うるさ》い………ッ！」

「それに、どうして俺を狙《ねら》うようなことをしてきたんだ」

「煩い………煩い煩い煩い煩い煩い――――煩いッ！　私のことを助けてくれなかったあいつのことなんて、話したくないッ！」

その声は咆哮《ほうこう》のようですらあった。

顔を上げたその時、彼女が見せたのは血の混じった紅《あか》い涙。

彼女は身体を震わせたままで、そこへグリントが駆け寄り身体を支えた。

「シャノン！　どうしたんだ！」

許婚《いいなずけ》の呼び声にも応《こた》えず、彼女はグリントに冷たい目を向ける。

「一秒でも早く殺してくださいって言ったのに、グリント様はどうして私の傍に来たのです？」

「い、いや……それはシャノンが心配で！」

「――――煩い」

すると、彼女が唐突に立ち上がった。

身体を支えていたグリントの腕を払い、涙を流しながらも乾いた笑いを浮かべて。

「もう、力を残していただく必要はありません。ですので教えてくださいまし。グリント様は私のためにも、一秒でも早くあの男を殺してくださいますか？」

「あ、ああ！　勿論《もちろん》だとも！」

真摯《しんし》に答えたグリントへと、シャノンは久しぶりに優しげな声を掛ける。


「でしたら、これでお別れですわね」


口づけだ。

唐突な口づけを前にグリントは戸惑ったが、すぐにシャノンを抱きしめた。

マジョリカは唖然として呆《あき》れてしまう。

しかし、アインだけが表情を変えて駆け出した。

「待てッ！　シャノンッ！」

神速の踏み込みはクリスにも勝るほどだったが――――。

次の刹那《せつな》――――。

謁見《えっけん》の間中に波及した銀色の魔力の波動が、降り注ぐ雷火が如《ごと》く轟音《ごうおん》と共にグリントの身体へ宿る。

（くそ……ッ！）

一瞬の判断で背後を見たアインは、マジョリカたちにその影響が届かぬよう木の根を生やした。

「殿下ッ！」

「いいから下がっててッ！　絶対に出てきたら駄目だッ！」

慌てたマジョリカに強い口調で言いながら、波動に押されアインが木の根まで吹き飛ばされる。

衝突と当時に肺から空気が消え、はっ、はっ――――と息が切れた。

それでも、波動の中心に居たはずのグリントの方を向いて、平然と立つシャノンと、眩《まばゆ》い光に全身を包み込まれたグリントを見て、歯軋《はぎし》りをした。

「コレハ…………シャノン…………？」

「グリント様。どうかご存分に。そのお力を使ってあの男を殺してくださいまし」

ピシ、ピシッと音が鳴り。

光に包まれたグリントの姿が露《あらわ》になっていくにつれて、彼の全身が変貌《へんぼう》していく。

肌は石膏《せっこう》を塗りたくったように変わり、瞳《ひとみ》は銀色に。

着ていた服は魔力に焼かれ、魔力が法衣に似た服装を模した。

やがて、全身に描かれた黄金の紋様が脈動を繰り返すと、背中から二対の翼が現れて、ダイヤモンドのように煌《きらめ》いた。

手にしていた剣は魔力を帯びて、その全貌《ぜんぼう》を更に大きな剣へと変えた。

「凄イな、これハ」

彼の声はさっきまでと違いどこか機械的。

抑揚に欠けて、人間味にも欠ける。

「マジョリカさん」

と、木の根越しに声を掛けた。

「天騎士って、どういう存在なの」

「発現させた人が数えるぐらいしか居ないから情報は少ないけど、初代陛下が崩御なさった後から現れたそうよッ！　でも、力が強すぎて身体を蝕《むしば》んでしまうって聞いたことがあるわ！」

分かった、とアインが小さく答える。

こうなることを考えれば、早めにロイドやクリスに天騎士のことを尋ねておくべきだったと後悔した。

でも、以前、ディルが言っていた。

『天騎士は自爆に近い部分がありますので……後日、父上に聞いてみるとよろしいかと思います』

シャノンが最初、無理をするなと言っていた理由なのだろう。

今となってグリントを捨て駒のように変貌させたのは、状況が変わったからだ。

(そりゃ、俺なんかよりよく知ってるだろうさ)

彼女は初代国王ジェイルの強さをよく知っているはずだ。

故に、アインが持つ黒剣がジェイルの剣に酷似していることを知り、グリントを切り捨てた。

――すべては、俺を殺すために。

ハイムすら捨て駒にしたのも、すべては俺を殺すためだったのだろう、と。

「………」

ふぅ、と大きく息を吐いて様子を窺《うかが》う。

今のグリントはさながら天使のようである。

服装も、そして放つオーラと翼だって。

「……シャノン。港町マグナを襲ったのも、俺が初代陛下の残した情報を見れないようにするためか？」

「さぁ。何のことですの？」

「惚《とぼ》けるなよ」

「本当に知りませんわ。あんな町には興味すらないんだから。どうせ、あっちに残った私の子孫がしたんでしょう。今は何の関係もありませんわ」

赤狐は一枚岩ではない。これを思い出したアインは尋ねることを止《や》めた。

「それにしても、本当に別人だな。グリント」

ディルを殺したと言った弟に同情する気はないが、哀れには思えてしまう。

もう、つい数十秒前までの面影は少しもないじゃないか。

愛していた女性から裏切られ、ただの武器として扱われるなんて、不憫《ふびん》でしかない。

今もグリントから届く白銀の光を浴びると肌が痛いが。

「出し惜しみはやめるよ」

アインの身体から、指先から徐々にその姿を見せる。

「手甲しか出したことがないんだ。これ以上を出そうとすると、なんとなく力が足りないって感覚になってた。危険だって、無意識に避けてたのかもしれない」

駆け出したグリントが一歩、そして一歩と近づくにつれてデュラハンの甲冑《かっちゅう》がアインを包んでいく。

（はぁ……腹減った。だめだ。もう少し魔石もらっとくべきだったかな）

力を使うことで生じた空腹感に辟易《へきえき》するが、重ねてアインは集中を高める。

木の根の傍を離れて謁見の間の中央近くまで足を進め、口を開く。

「海龍のときも、マルコのときも本気で戦った。でも、今の俺《魔王》が本気になるのはこれがはじめてだ」

手甲の範囲を通り越すと、黒いオーラは肩にまで至る。

これにはシャノンも覚えがある。

ラムザ・フォン・イシュタリカという最強の剣士の姿が思い返され、また身体を震わせて、自我を失ったグリントへと「早く殺してッ！」と叫び聞かせた。

「アァ……アァッ！　シャノンノためニッ！」

また、彼女の足元の影から、表面が溶解した黒い触手が何本も姿を見せた。

程なくして露になった全貌は、幾本もの触手に覆われた巨大な口だ。それはシャノンの影から飛び出ると、蛇のような体躯《たいく》を爬行《はこう》させてアインに近づく。

「アアアアアアアアアアアアアッ」

乾いた声で猛《たけ》ったグリントが、これまで以上の疾走。

マジョリカたちからすれば目にもとまらぬ神速で、あのクリスの動きにも匹敵した。

翼を広げ、一息で距離を詰めたグリントが剣を振り下ろすと、絨毯《じゅうたん》を切り裂き、石の床を粉々に砕く。

シャノンが出現させたナニカと共に、風より速くアインに接近したが。

「グリント。ここからが本番だ」

謁見《えっけん》の間に響き渡ったのは威厳……いや、圧倒的な覇気に満ちた魔王の声。

彼は全身を漆黒の甲冑に包んだ姿で黒剣を掲げていた。

足元には切り伏せられたナニカが転がっており、絶命はしなかったものの、弾《はじ》き返されたグリントが離れたところに立ち唖然《あぜん》としている。

いつ、どのタイミングで剣を振った？

この場に居る誰《だれ》にもそれは分からず、シャノンだけが声を発する。

「ネームドですら逃げる古代のアンデッドが…………一瞬で…………ッ⁉」

一方で、アインは甲冑を微《かす》かに震わせながら。

額に汗を浮かべ、余裕のない声で告げるのだ。

「マジョリカさんは近衛《このえ》騎士を連れて謁見の間から出てほしい」

「ちょっと⁉　殿下⁉」

「王太子としての命令だ。早くここを離れるんだ」

「でも――――ッ！」

食い下がったマジョリカへと、アインはつづけて言う。

「今の言葉は王族令だと思ってほしい」

こう言い、近衛騎士を含む皆を驚かせた。

それでも下がろうとしない近衛騎士たちだったが、マジョリカが仕方なく返事をした。

「分かったけど、私は離れて待ってるわよ。近衛騎士の皆には、クリスやディル護衛官の捜索に当たってもらうことにすればいいわ」

折衷案と言うべきか、いくら王族令といえどもアインを一人にすることは出来なかったのだ。

余裕が消えつつあるアインはここで頷《うなず》いて返す。

皆が離れて行くのを最後まで見届けたかったのだが、実のところ、その余裕も残されていなかった。

（……駄目だこれ。加減とかそういう次元じゃない）

持て余すという表現が近かった。

漲《みなぎ》りすぎた身体《からだ》の力を抑えきれず、高まりつづける五感の冴《さ》えが消えない。

このまま戦うと、マジョリカたちにも危害が加わると確信していたのだ。

穢《けが》れた玉座の間で

王族令を用いて皆を下がらせると、謁見の間に残されたのは四人。

アインにグリント、そしてシャノンとガーランドだ。

「この力があれバ、お前なんて相手じゃナイ。再開スルぞ、化け物ッ！」

強化された身体に滾《たぎ》る力はこれまでになく強大。

グリントは全能感に浸り、変貌した身体への違和感を抱くことなく剣を振り上げ、翼を大きく羽ばたかせる。

まばたきよりも早く距離を詰め、アインの背後を取ってから。

剣を振り上げたグリントは黄金の魔力を轟《とどろ》かせ、風の渦を生み出して振り下ろす。

しかし――――。

振り返ることもせず、黒剣を背に回して防いだアインの身体はびくともしない。

「全力で行くって言ったろ」

「おマエ……ッ！」

「終わらせよう――――グリント」

謁見の間の床がひび割れ、壁が悲鳴をあげて崩れていく。空気が泣き叫ぶように金切り声をあげる。

そして、黒剣を振り上げたアインがグリントの身体を弾《はじ》く。

ほんの一瞬の隙が出来たグリントを前にして、アインが黒剣を掲げる。

景色《けしき》を歪《ゆが》ませる濃い魔力を纏《まと》って、夜よりも暗い黒を漂わせた。

「グリント」

ふとした瞬間に、周囲を襲う圧が収まっていく。すべてがアインに吸収されるかのように引き込まれると、突然の静寂が訪れたのだ。

――――これハ？

言葉を失い声に出さず思ったグリントの前で、魔王が高らかに宣言する。

「受け止められるなら受け止めろ。避《よ》けられるなら避けてみろ。――――諦《あきら》めたのなら、神に祈れッ！」


グリントは見た。

自身に迫る、黒い死を。

「ナ――――ッ⁉　ウグッ……ううぅ……ッ⁉」

受け止めたはずの黒剣が発する重圧は収まらず。

空間ごと切り裂かれたように、視界が割れた。

「そんな……嘘《うそ》よ……ッ」

傍《はた》から見れば、その異常性がよく分かる。

グリントが纏う眩《まばゆ》い魔力は剥《は》がれ落ち、彼の素肌が見えてくる。

煌《きら》びやかな翼は羽が抜けていくし、陶器に似た肌も割れだした。その割れ目から、一際眩い光が溢《あふ》れ出るたびに、彼自身の身体から力が抜けていく。

「嘘よ。いくらデュラハンの力があろうとも、天騎士の力を貫通するなんて――ッ」

いやそれよりもだ。

アインの攻撃の余波はまだ収まらない。

「ヌグゥッ……アアアアアアッ！」

最後に意地を見せたグリントが翼を大きく広げ、光を放った。

「ッ――くっ！」

それにはアインも怯《ひる》み、距離を取ったのだが……。

今の反撃の代償は限りなく大きい。

「アッ……アァ……お前ェエ……ッ！」

天騎士の姿はさっきとは比べ物にならないほどみすぼらしい。

自慢の身体が半壊し、翼にも輝きはない。

「……うっ……おぇ……」

すると、グリントが吐血した。

陶器に似た肌が崩れ落ちた隙間《すきま》からは、彼の年齢からはほど遠い老いた肌が見えた。

それを見て慌てた様子がないシャノンを見れば、想定内であることが分かる。

であれば、天騎士の力による瑕疵《かし》は恐らく。

（生命力……それか寿命のような概念を消費してるのか）

自爆、この言葉が思い出される。

瞬間的な力は魔王となったアインが本気にならざるを得ないほど強力だが、その代償は想像以上に大きい。

膝《ひざ》をつき、吐血をつづけるグリントを見てアインはそう感じた。

「負けるカヨ……化け物ッ！」

もしも、すべての肌が崩れ落ちたら。

グリントはどうなってしまうんだろうか。

「せめて――――」

早く、終わらせよう。

アインは今一度剣を構え、踏み込んだ。

……………身体が軽い。

身体に滾りを感じていたのはグリントだけじゃない。

当然、アインだってそうだ。

踏み込みも、黒剣を振り上げるときも。

力に満《み》ち溢れていた。

「コの……………落ちコボレの癖にィィイイイイッ！」

舞い落ちる羽が、羽ばたきが起こす風に乗りアインを襲う。

軽々と弾くが、これもすべて魔王への特効があった。

「くっ……」

痛い。叫びたくなるぐらい痛かった。

でもそれ以上に、脳に生じた渇望が勝る。

(俺が勝たなきゃいけないんだ)

そして、因縁を終わらせる。

ただこれだけを思い、羽の風を突っ切った。

「コノッ！」

つづけて、グリントが翼を振り上げた。

舞い上がるただの風もアインを苦しめて呼吸を乱す。

………大丈夫。

………辛《つら》いけど、これなら負けない。

そこへ、アインを襲う一対の翼。アインはそこに黒剣を突き立て、切り伏せながら駆け上がる。

彼がグリントの頭上に飛んだところで――――。

「堕《お》チろッ！」

グリントは残る一対の翼で身体を覆ってみせた。すると羽が一斉に飛翔《ひしょう》して、アインの身体を撫《な》でていく。

聖なる輝きが魔王の命を奪わんと、天騎士の名に恥じぬ神秘を露《あらわ》にして。

(くそ……ッ！)

痛い。今すぐ逃げたいぐらい痛かった。

それでも――――。

聖域でのことが瞼《まぶた》の裏に浮かび、勇気づけてくれる。

「俺は託されたんだ」

ジェイルは多くを語らなかったが、託された自分がするべきことは分かっている。

「お前たちを倒すためにッ！」

声を発し、黒剣を一文字に振り下ろさんとした。

すると、ゆくりなくも。

聖域で降り注ぎ、此《こ》の程はバードランドに降り注いだ白銀の雪が、ここ、ハイム王城の謁見《えっけん》の間に現れた。

触れた刹那《せつな》、飛翔するグリントの羽が溶かされる。

白銀の雪は黒剣より先に舞い落ちて。

猛威を振るったグリントの翼に。そして、陶器に似た肌にひびが入っていく。

「グリントォォォオオオオオオ――――ッ」

遂《つい》に振り下ろされた黒剣が、その翼を両断した。

黒剣の衝撃で砕けた陶器の肌は徐々に再生していく。切り落とされた翼も再生を試みるが、白銀の雪に触れた箇所は癒える様子がない。

「ガッ……ァア……化ケ物ォ……ッ！」

無意識に一歩、引き下がろうとしたグリントにアインが追撃を仕掛けようとすると。

「――――そう。貴方《あなた》は歴史を繰り返すのね。イシュタリカの王太子さん――――いえ、新たな魔王様」


凍ったかのように、アインの動きが止まる。

と同時に、シャノンが目を薄く金色に光らせた。

不思議と澄んだ彼女の声が、戦いに集中していた二人に耳を傾けさせた。

グリントは魔王という言葉に少しばかり動揺したが、それよりも息を整える方に意識が向いてしまう。

「歴史を繰り返すだって？」

アインが答える。

すると、心の奥底から声が聞こえてくる。

《頼るな》

自分の声だったが、まるで自分のものではないようなぶっきらぼうな声だった。

「ジェイルは家族全員を殺したのです。ご存じでしたか？」

「待て……シャノンッ！　今ハ俺が戦っているンだッ！」

グリントが語り掛けようとも、シャノンは語るのを止めない。

聞いてはいけない。赤狐《あかぎつね》の言葉に耳を傾けるな。

アインは頭の中で理解していたし、一秒でも早く片を付けるべきと分かっていたのに、目に見えない強制力を前にして身体が重い。

もしかすると、この戦いで消耗したせいで彼女の影響を受けはじめているのかもしれない。

「ドライアドの貴方ならご存じでしょう。根付くというのは、一つの呪《のろ》いです。でも、その呪いを使うことができた者も存在した。それがエルダーリッチ・ミスティ。彼女が家族にもたらした呪いは結局、家族全員を死に至らしめたのですよ」

「――――やめろ。もういい」

つづきを聞きたくなくなり、アインがシャノンにやめろと告げる。

だが、シャノンは薄ら笑いを浮かべて語りつづけた。

「ジェイルがアーシェに止《とど》めを刺した。するとあら不思議。ラムザとミスティの二人もアーシェと同じく命を落としたのです。……それはつまり、ジェイルが家族を皆殺しにしたのと同じでしょう？」

その言葉以上に心を揺さぶられ、アインの視界がうっすらと暗くなる。

息が不規則に乱れ、心に宿る感情がどす黒く変貌《へんぼう》していった。心がいつにもまして落ち着きを欠いていた。

「それはお前が――――ッ」「私が原因と仰《おっしゃ》るのですか？」

くすっと笑い、彼女が瞳《ひとみ》の色を更に濃くした。

「人々を殺したのはアーシェで、そのアーシェを殺したのはジェイルに変わりはありません。そのせいで家族全員を殺したのもジェイルで、貴方はその子孫。そしてローガス殿《父》を殺したではありませんか」

「すべての元凶が偉そうに何を言ってる……ッ！」

すると、アインの身体《からだ》に異変が生じはじめる。

徐々に徐々にだが、ドライアドの根が足元に生えると、デュラハンの鎧《よろい》が少しずつ侵食されていった。

それは足元だけでおさまり、根はすぐに枯れてしまったものの、アインは違和感を覚えた。

「強がるなよ。たかが一度魔王をたぶらかしたからって」

そうは言っても、アインの心境は穏やかにならない。

自分が悪いんだ……自分が悪いことをしたんだ。という後悔が強く。

気が付くと脈拍も速くなっていた。

「心の弱い男ダな……オ前はッ！」

呆然《ぼうぜん》としていたせいか、グリントへの反応が一瞬遅れる。

それにより、アインは手甲でグリントの剣を防御したのだが……。

「はっ！　なンだッ！　お前も限界なンジゃないカッ！」

アインの手甲が砕け散ってしまった。

砕けた肌が元通りになったグリントは意気揚々と。

でも、口の端から吐血を漏らしながら剣を振る。

二回目の攻撃からはアインも容易に防いだが、ここでも問題が生じる。

(鎧にひびが……そんな、どうして……ッ)

シャノンの言葉を聞いてからというもの、全身に違和感が溢れて止《や》まない。

どことなく身体が自分のものではないかのようで、どうにも五感が鈍い。

《頼るな》

心の中で自分の声が響く。

頼るなとはいったいなんだ。頭を振って気持ちを切り替えようとするが、しきりにその声が届いた。

《頼るな》

心を埋め尽くす頼るなという言葉には、強烈な頭痛を感じた。

「やめろ！　うるさい……やめろッ！」

力任せに剣を振る。

対するグリントが深手を負っていることに気が付かず、無心で。

《頼るな》

鎧が崩れていくのが止まらない。

戦況は依然としてアインが有利だったが、心の落ち着きのなさは別だった。

ここで、視界の隅でシャノンの瞳が妖《あや》しく光る。

視界に収めてはいけないと本能で悟ったアインは見ないようにしていたが、微《かす》かに光が見えるだけでも心の安寧が消え、頼るなと言う声が増していく。

「親殺シがッ！　まだ余力ガアるのか……ッ⁉」

「いいえ、グリント様。彼はもう終わりが近いのですよ」

ふと、窓に反射した二つの光。

「どうか親殺しに裁きを」

間接的に彼女と目が合ってしまった。

すぐに目を閉じるも、彼女の瞳の色が、濃艶《のうえん》な笑みが瞼の裏に焼き付いて離れない。

胸元が一際大きく鼓動する。

「………負けるつもりはない」

アインは黒剣で自分の太ももを貫き、痛みで頼るなと言う声をかき消した。

顔を上げると、もう一息の距離にまでグリントが迫っていた。

気が付くと宙を舞う羽が周囲を取り囲んでおり、状況はひっ迫。

「終わりだッ！　アインッ！」

何か、自分が使える力を使って迎撃しないと。

頭を働かせたアインが思いついたのは、氷龍のスキルを用いてグリントの動きを止めてしまうことである。

《だから、頼るな》

格段に大きな声が頭の中に響き渡る。

訳も分からないまま、それでも氷龍を使おうと試みたところで。

「『ああ、頼らない』」

謁見《えっけん》の間に響き渡ったのは、二つに重なったアインの声だ。

頼らない。そう一言アインが口にすると、彼の足元から太いツタが現れる。ツタといっても、その先端には鋭い牙《きば》を持つ口があった。

口は牙を剥《む》きだして、粘着質な唾液《だえき》を滴らせながらグリントの腕に食らいつく。

「痛ッ……うァァあアあ――――ッ!?」

ツタは伸びて宙を這《は》い、壁にぶつかり、天井にぶつかる。

鋭利な歯を食い込ませたまま口を大きく振り回し。

『――ッ！　――――ッ！』

ぐちゃぐちゃと粘着質な音を立て、その片腕を噛《か》みちぎった。

口元からは赤い鮮血を漏らし、食べ終わると満足そうにアインの足元に戻ってしまう。

「今のは……なんで俺の足元からこんなものが……あっ、ぐぅう……ッ!?」

頭痛に頭を抱えたアインが膝《ひざ》をつく。

片腕を失ったグリントだが、痛みに耐えながらもその隙を見逃さない。

さっきまでに比べれば静かな動きだが、アインの面前まで一気に距離を詰める。

そして、無抵抗なアインの胸をいとも容易《たやす》く貫いた。

「勝った」

グリントが呟《つぶや》く。

完璧《かんぺき》な手ごたえに加えて、このアインの様子だ。

間違いなく自分は父の仇《かたき》を取って、兄に勝っていると証明できた、と嬉《うれ》しさを顔に滲《にじ》ませた。

だが、それから間もなく。

アインの耳元が赤く煌《きらめ》き、そこにあった宝石が砕け散る。

「ナんだ、コノ石は?」

「ッ――――まさか、あの石は――――ッ」

シャノンには覚えがあったのだろう。

そう。輝いたのは、アインがシルヴァードから譲り受けた大地の紅玉だ。

「シャノン?　どうシタんダ急ニ」

振り返るグリントの耳に、足音が聞こえた。

「本当にシぶト――――」

しぶとい奴《やつ》だ。

きっと、グリントはこう言いたかった。

だがそれを言い終えることは叶《かな》わず、グリントの身体は真っ二つに切り裂かれた。

もの言いたげな瞳はずずっと瞼を閉じて、床に倒れるや否や、全身が砂と化してしまう。

「ふふっ」

それを見て、満足そうにシャノンが笑みを漏らす。

「あははッ!　そうッ!　親殺しの次は弟殺しですのねッ!」

「ッ……はぁ……はぁ……だからなんだ」

「だからなんだ?　へぇ、本当にただの化け物になってしまったようですわね。ソレ、人間らしさのかけらもございませんよ」

アインの足元で動くツタの先にある口を見て言った。

「ふざけるなよ。俺たちを散々弄《もてあそ》んだ奴が被害者面するのかッ!?」

さっきと比べ、アインは正気に戻ったように見える。

気にしていないのか、それとも覚えていないのかは分からないが、ついさっき見せたツタに関しては触れずに激昂《げきこう》した。

「弄んだですって……？」

すると、シャノンの顔から生気が失《う》せた。

「最初に弄んだのは誰《だれ》よ……ッ！　私を物みたいに扱って、好き勝手に汚したくせにッ！　誰も！　貴方たちだって私のことを助けてくれなかったくせにッ！」

嫌な記憶だが、魔王城に呪われた部屋という場所があった。

それは赤狐によって作られたとのことだったが、シャノンの言葉がそれに重なる。

「お前の過去は知らない。もしかしたら悲しくて、誰かの助けが欲しかったのかもしれない。でも俺は見逃せないんだ。お前の振る舞いを許すことは出来ない」

アインがシャノンに剣を向ける。

もしかすると、一考する価値のある過去なのかもしれないが、彼女が仕出かしたことを忘れることは出来なかった。

甘い性格だという自覚のあるアインですら、これは別なのだと。

「可哀《かわい》そうな人。親も兄弟も殺すなんて。ねぇ、どんな感触だったの？　温かかった？　気持ちよかった？　ねぇ、教えてくださらない？」

「もういい。もういいから終わらせよう」

「教えてくださらない？　どうだったの？」

笑い、白い歯を見せつけ、紅《あか》く腫《は》れぼったくなった瞳でアインを見る。

するると彼女は軽快な足取りでアインに近づいた。

「ねぇ、教えて……？」

アインは真っすぐ剣を構えた。

それ以上進めば身体に突き刺さる構え方だったのだが、シャノンは止まることなくアインに抱き着いて、身体《からだ》にめり込んだ黒剣に悲鳴をあげることなく身体を重ねた。

「……ほら。教えなさい」

片時も予想したことのないことをシャノンがする。

「ッ――……ん……はぁ……っ」

二人の唇が密着した。

アインは一瞬わけも分からず身体を固くしてしまったが、強くシャノンの胸元を押して距離を取る。

「なっ……お前、いきなり何をッ！」

唇を拭《ぬぐ》ったアインは、床に倒れたシャノンに剣を突きつけた。

「もう限界なのでしょう……？　分かりますわ……ッ！　貴方のその身体に残された力は僅《わず》かであることだって、心が落ち着かないことも手に取るように……分かります……ッ」

彼女はたどたどしく、痛みに耐えながら言う。

「私の祝福さえ効けば……ッ……魔王の貴方だって今頃《いまごろ》は……ッ」

「お前の祝福の正体は呪《のろ》いだ。祝福なんて代物じゃない」

「ふふっ……いいえ、私の祝福は私の愛なのです……。私を好きになってくれた人へ……と……お返しに力を与えるもの……。身体の奥底に眠る本質を高めてくれるのですよ……。解釈の違いなんて……些細《ささい》なもの……ッ！」

祝福の正体こそが、孤独の呪いである。

アインは彼女の言葉を聞きながらも、その身体へと更に剣を突き刺した。

温かく、真っ赤《まか》な液体が流れ出ていく。

「ッ……どうして……貴方は魅了されてくれなかったのでしょう……ね……まるであの二人……ミスティ、と……ラムザみたい……に……」

「敵に魅了されるわけがない。俺は俺の使命を果たすだけだ」

「そう……ですか……。もういいわ……すべて、何もかもどうでもいい……。貴方と再会したとき、今度こそ……貴方を殺せる……と、思ったのに……」

言葉に力がなくなっていく。

彼女の言葉の意味はよく分からないが、理解しようとは思わなかった。

「こんな世界……大っ嫌い……よ…………」

物哀《ものがな》しく、すべてを諦《あきら》めた沈痛な声を最期にシャノンが事切れた。

これが決着――――ではない。

「後はお前だけだ。ガーランド」

「あっ……おほっほほぉ……呼び捨てとは、不敬であるぞ」

これまで静かだったガーランドの精神は完全なる崩壊を迎えているからなのか、シャノンの死を見ても狼狽《うろた》えず、逆に愉快そうに笑うばかり。

ため息をついたアインは重い足を動かし、玉座の前へ足を進めた。

「これで本当に終わりだ」

最後にガーランドの胸を貫いて、終戦を迎える。

と、それで終わりを迎えるはずだったのに。

「『でも、その前に腹が減ったかな』」

重なるアインの声が響くと、グリントの腕を噛みちぎったのと同じツタが三本生まれた。

アインの背中から生えたツタは一直線に伸びると、倒れたシャノンに噛みついた。

『――ッ……！』

『――！』

『――――ッ！　――ッ！』

ツタが目指した場所は胸元だ。

アインの剣でできた刺し傷に入り込むと、シャノンの魔石を噛み締めるように咀嚼《そしゃく》した。

ガリッ、ガリッという不快な音が耳を刺す。

すると、ツタは魔石を食べ終えて満足したのだろう。音を立てずアインの身体に戻ると、何事もなかったかのように消え去った。

呆然《ぼうぜん》としたアインは手のひらを見て、目を伏せた。

「…………」


自分の身体が、自分のものではなくなったみたいだった。

木の根を出そうとしても出せなくて、ツタを消そうとしても消せやしない。

代わりに、ツタが咀嚼するたびに身体に活力が戻りつつある。

ここでアインは、緊張感のないガーランドが笑う前で、図らずもシャノンの言葉を思い出した。


「――――身体の奥底に眠る本質か」


死に際にシャノンが口にしていた、彼女の呪いによる効果の一つだ。

彼女は「私を好きになってくれた人へ」と口にしていた。

察するに、孤独の呪いはシャノンへの好意がなければ発動しない。であれば呪われた魔王アーシェにシャノンへの好意があったのか、という話になるが、恐らく魔王アーシェは最初から好意を抱いていたわけじゃない。

となれば…………。

(どうして俺は魅了されなかったのか、って言ったな)

魅了する力と、呪う力は別なのだ。

だとすれば、しっくりくる。

『そう。貴方には私の魅了が通用しないのですね』

『あら、呪いも使ってほしいのですか？　ご所望でしたら構いませんが、それではここまで来ていただいた意味がありませんわ』

アインが魅了されなかった理由を考えるならば、第一に来るのは毒素分解ＥＸの影響だ。

仮に魅了の力が毒に似た概念なら、効かなかった理由も分かる。

（じゃあ今の俺の身体は――――）

おかしな話だ。

シャノンに魅了されてるなんてもっての外で、しかも好意がもとからあったわけでもないというのに、だ。

（ッ――――いや、そういうことか）

だが、身体が異常に苛《さいな》まれている理由が一つだけあったのだ。

ここまで考えたアインはふと頭を振って、黒剣で迷いなくガーランドの身体を貫く。

「ぁ……あああああぁぁぁぁ……ッ！」

苦しみに満ちた叫び声をあげ、ガーランドは萎《しお》れるように生命活動を停止する。

腐臭を漂わせながら横たわると、最後は嬉しそうな表情で死に絶えた。ツタはその死体を貪《むさぼ》り終えると、ようやくその姿を消す。

これで終戦。勝利である。

話がこれで終われば万々歳だったが。

「我ながら馬鹿だと思うよ。甘すぎる性格のせいなんだな、これは」

と、アインは自嘲《じちょう》する。

「――――こうなるんだったらクローネのご褒美、先に貰《もら》っとけばよかったかも」

勝利の余韻は限りなくゼロで、身体の中で何かが蠢《うごめ》きだした様子しか気にならない。

アインはこうして、身体の感覚が鈍いままに歩き出し、謁見《えっけん》の間を後にしたのである。

◇◇◇

「殿下ッ！　終わったのね⁉」

謁見の間へつづく廊下の奥で。

待っていたマジョリカがアインの姿に気が付いて、慌てて彼の傍《そば》に駆け寄った。

「ただいま」

「あら……当然だけど、やっぱりお疲れみたいね」

「お疲れ……うん、そうだと思う」

本当は違うのだが、答える気はなかった。

若干、冷たいかなと思ったが、彼はあっさりと話題を変えてしまう。

「悪いけど、ひとっ走りして戦いが終わったことを皆に伝えてきてほしい。で、そのまま、イシュタリカの勢力を港町ラウンドハートまで退《ひ》くように命令するんだ」

「殿下を置いてってことかしら？　さっきも言ったけど、それは承諾できないわよ」

「あはは……俺はゆっくり戻るから平気だよ。見ての通り、かなり疲れちゃってさ。それに、実はウォーレンさんの部下が近くにたくさん控えてるし、俺のことは心配しないでいいよ」

もちろん、アインが語ったような事実は存在しない。

（ごめんね、嘘《うそ》ついて）

マジョリカは思いのほか素直にその言葉を信じる。マジョリカからしてみれば、ここに来てアインが嘘を吐《つ》く必要はないと思っていたし、可能性もないと思っていたからだ。

「それなら仕方ないわね！　任されちゃおうかしら！」

こうして、アインはマジョリカを一人で向かわせた。

これから先に生じるであろうことを考え、皆を急いで退かせたのだ。

「俺も、早く行かないと」

その足は不思議と、自然に歩き出す。

最後に行きたい場所が一つだけ、この王都に存在していた。

◇◇◇

アインは一人で隠れるように歩き、目的の建物を目指して進んだ。

十年前のことといえど、意外と覚えているものだ。

記憶力を自画自賛しつつ、たどり着いた先の門を開ける。

――――アウグスト大公邸。

あの日、アインの運命がはじまったと言うべきこの地へと、彼は今一度足を運んだ。

「お邪魔します……って、戦いでもあったのかな？　……すごい荒れてる」

建物に入ると以前とは違い、荒れ果てたホールの様子にアインが驚く。

だが、庭園へつづく道は綺麗《きれい》なままだったことに喜ぶ。

不快な脈動を感じながらも、アインはそこを優雅に歩く。

思い出深きアウグスト大公邸は今、人っ子一人居ない静けさに包まれているが、お披露目パーティが開かれた当時は、それはそれは豪華で賑《にぎ》やかな席だった。

「ここでクローネに出会って、お母様とクローネの二人に想定外のプロポーズをして……港町ラウンドハートに戻ってからは、クリスと出会った」

思い出を愛《め》でながら、見目麗しい庭園を更に進む。

数分も経《た》たぬうちに到着したのが、自らの最期に選んだ場所だった。

「久しぶりだね」

そっとブルーファイアローズを手に取り、あっさりとスタークリスタルに変貌《へんぼう》させる。

当時の再現をしてみるが、今は一人なのがひどく寂しい。

代わりに早鐘を打つ胸に苛立《いらだ》って、もう少しだけ耐えてくれ、という願いを抱いた。

「少し疲れたな」

身体に漂う倦怠《けんたい》感に負け、すぐ傍にあったテラス席に腰かける。

このテラス席も、三人で夜の茶会を楽しんだ時の思い出の場所だ。

「シャノン。君は負けたと思ったんだろうけど、勝負は引き分けだよ」

座った直後、アインの足元から数多《あまた》の木の根が蔓延《はびこ》った。

「俺はお前に好意なんて抱いてなかったし、あれから抱くことも想像できなかった。魅了の力だって俺には通用しなかったけど、最後の最後に俺が甘かった」

決して好意ではなかったが、戦闘中からアインの身体に異変が生じていた。

つまり、彼女の呪いの影響を受けていたのだ。しかしアインは好意を抱いていなかった。

だったらどうして……。

その答えは、アインが口にしたように彼自身の甘さが理由だ。

「まさか同情しただけでも、呪いが通じるようになるなんてね」

抱いた感情はたった一つだけ。同情だ。

シャノン自身の過去は聞けなかったが、何か暗い出来事があったことは分かる。それを聞いたアインが僅《わず》かでも同情してしまったことが、呪いを受ける要因になったとしか思えない。

グリントを倒してから、身体《からだ》の異変は留《とど》まることを知らなくなった。

このテラスまで歩いて来れたことも奇跡的で、もう、身体の自由がまったく利かない。

「結局、最後まで初代陛下と俺を狙《ねら》った理由は分からなかったけど……今更か」

それにしても……。

別のことを考えたかったアインが独り言を漏らす。

「だいたいさ、クローネももったいぶりすぎだって思うんだよね。むしろさ、あそこでキスの一つでもされたら俺すごかったのに。もう数日前にはこの因縁終わらせて、ぱぱっと王都に帰ってたような感じがなくもないのにさ」

冗談めいた声色でアインが語る。

「そりゃさ、俺も奥手だったかもしれないよ。でもさ、俺だってクローネの香りとか感触に耐えるの必死なんだし、それを察してほしいよねっていう。もちろんお母様のキスもなんだかんだ色々や

ばかった。思えば、魔王城に行く前のクリスとやった儀式？　とかも、未《いま》だにあの感触が残って
——って、こんなときに何考えてんだろ、俺」

不快な脈動が高まった。

楽しい思い出に浸りつづけることで避けていたが、それを強制的に自覚させられてしまう。

地を這《は》う木の根は地中ではもうすでにアウグスト大公邸を飛び出し、ハイム王都中に広がろうとしていたほどで、その速度は異常の一言に尽きる。

木の根はどこかで何かを吸っているのだろう。

アインの身体には、これまでにないほどの充実感が募りだした。

自由が利かないというのに、何とも皮肉なことだったが。

「あとはそうだなー……カティマさんにもなんだかんだ世話になった気がする。割合としては俺が世話したのが多い気がするけど、この辺は気にしないであげようと思う」

ふと。

地面へと、いくつもの宝石が落ちていく。ブルーファイアローズが自然と変貌し、すべてがスタークリスタルとなって地面に落ちたのだ。

アインの吸収はすでに意思とは関係なく作用して、周囲の力を吸いつづける。

「まぁ、みんなに世話になったよね。特にお爺《じい》様には……うん。心労掛けすぎたのは割と申し訳なく思ってる」

と言いつつも、軽い調子で笑うのを止めなかった。

「もう、本当に時間がないいな」

自刃しておけばよかったという後悔を抱くが、まだ出来ることがある。

一人の忠義の騎士から受け継いだ、とある大切なスキルがあるではないか。

「今なら使える気がする」

心の中で強く念じた。考えるのは三人の大切な人たちで、念じれば念じるほどに、身体の中から魔力が失われるのを感じる。

「自分のケツは自分で拭《ふ》けっていうからね。ったく、いい子に育ったもんだよ俺ってば」

もはや立ち上がる気力もない。

「俺が思ってたのは、ラスボスは赤狐。セオリーに沿うならグリントが立ちはだかるんだろうなーって思ってた。あれ、よくラスボスなんて前世の単語を思い出せたな……すごいじゃん」

すると、アインは自らの手で作ったスタークリスタルを見て、柔らかく微笑《ほほえ》んだ。

「アーシェさんが嫉妬《しっと》の夢魔って呼ばれてたわけだし、俺も何か……どうせならカッコいいのがいいな」

意外と名前はすぐに思いついた。

昔、アインの魔物化が問題になった頃《ころ》、マジョリカが口にしていた種族の名が脳裏に浮かんでいたので、すぐに。

あとは、嫉妬の夢魔の名に倣い。

「――――【暴食の世界樹】」

どうだろう。我ながら悪くない気がした。
軽く笑ってみると、間もなく。
「三人とも、後は頼んだよ」
何か、自分が自分でなくなるような感覚が限界だった。
アインの声の後で目の前で三つの光が生まれ、切なげに点滅を繰り返す。
生まれた光は飛び上がり王都へ、港町ラウンドハートへ飛び去る。
これでもう大丈夫。
あの三人ならどうにかしてくれると信じて、瞼《まぶた》の重さを感じたアインが目を伏せた。

「『……腹減ったなぁ』」

この言葉を最後に、アインは意識を手放した。
やがてアインの身体が木に包まれると、その木はみるみるうちに生長していく。アウグスト大公邸を越え、半壊した城を越えても尚《なお》、その生長を止めることはなかった。

アイン・フォン・イシュタリカ
【ジョブ】　暴食の世界樹
【体　力】　9999＋α
【魔　力】　9999＋α
【攻撃力】　――＋α
【防御力】　――＋α
【敏捷性《びんしょう》】　――＋α
【スキル】　暴食の世界樹／魅惑の毒／孤独の呪《のろ》い

三人の英傑

「む？　いまの衝撃はいったい……ッ！」

ハイム王都に居を構える、上級貴族たちの住まいが立ち並ぶ貴族街。

そこを歩くロイドは、今なお姿を見せぬエドワードのことを警戒しつつ、複数の近衛騎士《このえ》や、救出した二人を連れて歩いていた。

「グレイシャー閣下」

彼のすぐ後ろを歩いていた少年。

名をリール・アウグストと言うクローネの弟である。

「こら、リール！　皆さまは任務の真っ最中なのだから、そう簡単に話しかけてはいけないとさっきも言っただろう！」

リールを窘《たしな》めたのは、同じく救出された現アウグスト家当主ハーレイだ。

「はっはっはっ！　構わんさ！　さて、どうしたのかな。リール殿」

「お母様やお爺様方についてお聞かせください」

「リールッ！」

「ハーレイ殿。そう怒らずともよいのだ。して、質問の件だが、我々がアウグスト大公邸に突入した際に伝えた通り、お二方は我らがイシュタリカ本国にて生活している。グラーフ殿と言えば、今ではイシュタリカでも名高き豪腕であるからな」

リールの発言は少し軽率だった。

しかし、ロイドはリールの心情を察し、あくまでも温かい態度で返事をする。

隣で聞いていたハーレイも、ロイドの声色に安堵《あんど》した表情を見せた。

「気になるのだが、どうしてクローネ殿のことは聞かぬのだ？」

「あの姉上でしたら、特に心配はいらない気がするのです」

リールの答えにロイドが静まり返る。

近衛騎士も同様に黙りこくると、次の瞬間には一斉に笑い出した。

「はっはっはっはっはっはッ！」

ロイドが大声で笑い飛ばせば、つづけて近衛騎士たちだ。

「くくく……いやはや、さすがはご家族といったところですな、ロイド様」

「その通りだ。確かにクローネ殿であれば心配はご無用でしょうな」

陽気に同調してみせたのだ。

だが、そんな朗らかな空気も終わりを向かえ、一人の近衛騎士が王都の異変に気が付く。

笑みは消え、すぐにその視線は王城へ向けられる。

「ロイド様ッ！　ハイム王城が崩壊を……ッ！」

ゆっくりとだが、確実に崩れゆく光景が目に映ると、ロイドは慌てた様子でアインの安否を案じた。

「皆の者ッ！　お二人を安全な場所へと連れていけ！　私は急ぎアイン様の下へ――――」

命と引き換えにしてでも、彼を守る。

まだ敵兵の危険はあったが、もう頃合いだ。

と、踵《きびす》を返そうとしたところへ。

「行かせませんよ。お前たち蛮族もここで共に朽ち果てる運命にあるのですから。それに、船に戻ろうとも、あのお方が用意した切り札がございますので」

「エ、エドワードッ⁉」

突然現れたエドワードは三対一で戦ったときと同様に、濃く煌《きらめ》く紅《あか》いオーラに包まれている。

完全に態勢を整え直したようだ。

「しかし……あの崩落は予定にありません。この私も城で何があったのか確かめに行かねばなりませんね」

故に、手加減はなしだ。

ゆらっ……と静かに構えられた槍《やり》を前にして。

ロイドはふっ、と息を吐く。

最悪な事態に頭を抱えたくもなるが、諦《あきら》めることは許されない。

「――――ロイド殿。皆さまはお逃げください。これは我らハイムの貴族が責任を取るべき問題でございます」

ハーレイが震える脚でロイドの前に立って言った。

「あはぁあ……感動する話ではありませんか。これこそ、舞台に相応《ふさわ》しき立ち居振る舞いだ」

エドワードはハーレイの言葉に喜びながらも、ハーレイの震える足元を見て笑い声を漏らす。

近づいた死に恐怖するリールという子供の姿すら、今のエドワードには一つの興奮材料でしかない。

だが、エドワードはそれ以上を望む。

「ですが、こんなものでは終わりませんとも」

突然エドワードが姿を消すと、次の瞬間には近衛騎士の首に槍を突き立てていた。

「っ……ロ、ロイド……さ……ま……？」

目玉が飛び出そうなほどに見開き、首から血を噴き出して息絶えた。

（馬鹿な……先ほどの戦いよりも更に強くなっているだと……ッ）

驚ける時間すらあまりない。

先の戦いで無様を晒《さら》したエドワードは激昂《げきこう》する。

「次は貴方《あなた》だァァァァアッ！」

身体《からだ》をひねらせ、ロイドの怪我《けが》をしている腕に蹴《け》りを食らわせると、胴体を槍の石突で突いて吹き飛ばした。

「待てッ！　貴様ッ！」

「皆、ロイド様をお守りしろ！」

「ぐぅ……な、ならんッ！　お前たちは二人を守っていろ……ッ！」

加勢に入ろうとした近衛騎士を止めると、ロイドはふらふらと立ち上がる。

「我が名はロイド！　ロイド・グレイシャーッ！　この身、この剣――すべてが偉大なるイシユタリカに捧《ささ》げしもの！　滅ぼせるならば滅ぼしてみよ！　赤狐《あかぎつね》ぇぇッ！」

名乗りとは裏腹にロイドの構えはふらついている。

足元も痛みと消耗で覚束《おぼつか》ない様子を見せ、もはや虫の息直前……と言えるだろう。

「それが苛々《いらいら》するんですよ……この下等種族がッ！　片腕が潰《つぶ》され、片目もない！　満身創痍《まんしんそうい》のその身体で⁉　この私に勝てる可能性を考えているその頭が気に入らないッ！」

空を切り裂く乾いた音に加え、一瞬だけ聞こえる地面を蹴る音。

ロイドの耳元でエドワードの呼吸音が聞こえたかと思えば、次の瞬間にはエドワードの槍先がロイドの首筋目掛けて振り下ろされ……。

「舐《な》めるなぁぁぁぁぁあああああッ！」

エドワードは確信していた。

これでロイドの首が落ち、あとは近衛騎士をさっさと殺して、ついでにアウグスト大公家の二人を殺して終わり。

にもかかわらず……結果はエドワードの想像を裏切る。

「なッ……まだ、そんな余力を……？」

新たに調達したロイドの剣とエドワードの槍が、強烈な金属音を奏でてぶつかり合う。

まさに神速と言わんばかりの反応速度で槍を防いだロイドは、してやったりという面持ちでエドワードを見た。

「くっ……私はまだ死なんぞッ！」

だが、ロイドはエドワードの膂力《りょりょく》に負けて吹き飛ばされる。

二度にわたって吹き飛ばされたことで、ロイドの体力はまさに限界寸前だ。

「ロイド様ッ！」

「げ……元帥ッ！」

近衛《このえ》騎士が悲痛な声をあげたのが耳に届く。

が、今のロイドは彼らに気を使う余裕がない。

すると、そのときだ。

「おや……あれは一体……」

エドワードが追撃をやめ、貴族街の最奥……アウグスト大公邸の方角を見た。

「大樹、ですね」

すると、エドワードに倣ってロイドもそれを見る。

何処《どこ》か惚《ほう》けていた両者だったが、エドワードがふと上機嫌で笑いだした。

「あはははは……！　どうやら我らの勝ちのようですねッ！　恐らくあれは、貴方たちの王太子が……あのお方の手に落ちたということです！」

「馬鹿なことを言うなッ！」

「何を馬鹿と言うのです？　可笑《おか》しなことではないでしょう？　あのお方は魔王アーシェすら手懐《てなず》けた。たかが異人種の王太子ぐらい造作もないことだ」

とても、とても説得力のある言葉だった。

ロイドの身体中から力が抜けていき、代わりに絶望が全身を満たす。

「やっと心が折れましたか。ふふっ、その顔が見たかったのですよ」

ニタァッと笑うエドワードが一歩ずつ、今度はゆっくりと距離を詰めて来る。

すでに膝《ひざ》をついて戦意を喪失したロイドは瞼《まぶた》に重さを感じ、目を伏せる。

（…………アイン様）

祖国を、王太子を思い悔しさに身を震わせた。

しかしもう、やれることはない。

やりきったという達成感は欠片《かけら》もないが、ここまでだ。

――――と。

身体が槍に貫かれるのを待つそこへ。


「諦めるのですか？」


ふと、エドワードとは別の方角から声が届いた。

澄んだ声ながらも力強く、つい頼ってしまいそうになる優しげで老成した声だった。

「……あぁ。もう身体も動かぬ」

他には何も音が聞こえなくなった。

城が崩落する音も、騎士たちが戦う声だって。

ただ無音の空間に包まれていた。

「ふむ。であるならば、貴方は忠臣失格だ。貴方が諦めたことで、仕える主君は死に一歩近づくのですから」

「ははは……耳が痛いな」

「自らの目で見たことではなく、敵が口にしたことを信じて気を落とす。これは何とも比べられない愚の極み。だが、耳が痛いと後悔できるのなら、まだ忠義は死んでいない」

ロイドは縋《すが》りたくなった。その声に、そして、自分を慰めてくれる彼の大きな器に。

俯《うつむ》いたまま彼の声に耳を傾けつづけると、もうひと踏ん張りしよう……という気分にさせられる。

「最後に一つ、この老躯《ろうく》からの助言です。たとえ手足が切り刻まれようとも、その命がある限り敵にしがみつきなさい。噛《か》みつきなさい。のしかかりなさい。ご主君がその一秒を生きることにこそ、忠義が価値を示すのです」

「……ああ、その通りだな。死後の世界に渡る前に聞けてうれしく思う」

返事をしたロイドの目の前で金属音が響く。

重厚な鎧《よろい》が歩く独特の音が伝わり、新たな敵がやってきた――とロイドに思わせる。

……だが。

その鎧はロイドや近衛騎士、そして、ハーレイとリールを守るように立ちふさがると、微笑《ほほえ》むような声色でロイドに語り掛けてきたのである。

「常世の国がどんな世界かご存じですか？」

「……分からぬが、私の場合は無念に溢《あふ》れ、辛《つら》く切ない世界だろうさ」

「どうやら誤解しているようですので、私がそれを教えてさしあげましょう」

その声を聞き、エドワードが驚愕《きょうがく》した。

「なっ……どうしてお前が……なんでお前がここに居るのですッ！」

エドワードは無意識に一歩一歩少しずつ後退すると、魚のように口を開け閉めする。

「常世の国は随分と温かみに溢れていた。それに漂うことが我が幸せ、我が終焉《しゅうえん》。数百年にわたる任務を終えた私に与えられた休息である、こう考えておりました」

「ふざけるな……貴様のことは呼んでいないッ！　私の舞台に相応《ふさわ》しくないッ！」

エドワードが喚《わめ》くが、忠義の騎士の声がつづけて届く。

「ですが、貴方様はこの身を欲してくださった。数百年にわたる勤めを終えた私へと、新たなお役目をくださった。これに勝る誉《ほまれ》も、そして褒美もございません」

彼の身体中に深く広く脈が広がる。

赤黒く、激しく複雑に脈動した。

全身を構築する禍々《まがまが》しい甲冑《かっちゅう》が、猛《たけ》り震える。

「――さすればッ！　答えるのが我が忠義ッ！　我が騎士道ッ！」

虚空を叩《たた》くと、ガラスのようにその周囲の景色《けしき》が割れる。

そこから現れた巨剣が彼の手の下へ。

剣を腕を広げるように持ち。

「この老躯ッ！　爪の先に至るこの全《すべ》てッ！　誇り高き御身が剣として捧げましょうッ！」

彼は昂然と宣言した。

「ロイド様！　我らの肩をッ！」

「さぁ！　すぐに！」

近衛騎士に肩を借りたロイドが顔を上げ、目の前に立った男の姿を目にした。

ロイドは以前、アインと魔王城へ行った際にその姿を見ることは叶《かな》わなかった。しかし、それでも分かる。

「まさか貴公は……ッ!?」

驚いたロイドが顔を上げ、自分を守るように立った男をようやく見上げた。

彼の姿を見るのはこれがはじめてだったが、その名はすぐに思い浮かぶ。

この男は――この男の名は――。


「黒騎士が副団長、マルコ。主君の命により参上致しました」


彼はこう答えると一歩前進し、対するエドワードが一歩後退した。

「何とも不思議な活力だが、根底を辿《たど》るは粋ではない。今はただ、忠義を果たせるという、至上の喜びに浸《つ》かるとしよう」

喜びに満ちた声だった。

勇ましい足取りは活力に満ち溢れ、強化されたはずのエドワードが無様にも後退する。

握りしめた巨剣を正眼に構え。

そして、言い渡す。

身体中に広がる筋を赤く黒く染め上げて……威風堂々と高らかに。

「我が主君に仇《あだ》なす醜悪な獣よッ！　一切が霧と消え去れッ！　王家の剣がこれを宣告するッ！」

片やエドワード。

「マルコ……いや、鎧野郎……ッ！　鎧野郎ォォォオオオオッ！」

槍《やり》を横に構えて防ぐも、足元の石畳は砕け、足が沈んでいく。

喜色に染まり切っていたはずの頬もすでに鬼気迫り、汗を浮かべていた。

「貴様がどうしてここに居るッ⁉　何故《なぜ》だァッ⁉」

「主君の呼び声に応《こた》えん騎士が何処に居るッ！　此度《こたび》のわが身は、憎き獣を殺せることに滾《たぎ》るばかりだ！」

圧巻、これに尽きた。

剣戟《けんげき》の流麗さもさることながら、力強さもエドワードを凌駕《りょうが》。

魔王城に潜んでいた騎士はこれほど強かった。

想像を優に超えたその姿にロイドはまばたきを繰り返す。

「貴殿はアイン様が魔王城で出会ったという、あのマルコ殿なのかッ⁉」

「話している場合ではない！　貴公は守るべき者を抱えているはずだ！　急ぎ港町まで行くのですッ！」

「だ……だが！　アイン様がッ！」

「あのお方は我らに任せて早く逃げなさい！　外に出て、お仲間と共に港町へ逃げるのですッ！」

仲間、それを騎士のことだと思ったロイドへマルコが言う。

「派手ないで立ちの方にも、私たちに任せて早く逃げるよう言ってありますッ！」

間違いない。マジョリカだ。

アインと共に王城へ向かっていたマジョリカと知り、ロイドはその無事を喜んだ。

そして、立ち上がって振り返り、近衛《このえ》騎士へと声を掛ける。

「好機を逃してはならん。このまま港町ラウンドハートまで退却する」

「はっ！」

「承知致しましたッ！」

「さぁ、お二人とも！　どうぞこちらへ！」

目指すは港町ラウンドハート。

一行はマルコの言葉に甘え、撤退することを決意する。皆は去り際に頭を深く下げると、ハーレイとリールの二人を連れて退却していった。

「感謝の念が募るばかりだ。我らに残った因縁を終わらせる機会を頂戴《ちょうだい》できたのだからな。む、どうした獣よ。気取った態度が台無しではないか」

「誰《だれ》のせいで……ッ！　この鎧野郎がぁぁぁぁぁあああああッ！」

「また喚くのか。まるで幼子のようにしか見えぬな」

「うるさい。うるさいうるさいうるさいうるさいうるさいッ！　うるさいんだよ……うるさいんだよぉぉおおおッ！」

苛烈《かれつ》な攻撃をつづけるエドワードは魔王化――――あくまでも自称だが、その影響で強化された身体《からだ》をいかんなく使い、鬼のような形相でマルコに槍を突き立てる。

だが、受け手となったマルコの様子はとても穏やかだ。

「よく思い出すといい。貴様がどうしてあの女狐が居なくば我らの前に立てなかったのかを」

「それ以上口を開くなッ！　敗北した身で、私に偉そうにするんじゃないッ！」

「勘違いをするな。私は貴様らに敗北したのではない。私が負けたのはただ一人、アイン様ただ一人なのだ」

マルコは構えを変えた。握力が人知を超えた段階まで高まると、煩わしそうにエドワードの槍を振り払う。

「よく思い出せ。過去、貴様が私と立ち合って勝てたことはただの一度もない。背伸びして得た力だろうとも、本当の魔王どころか、今の私にさえ遠く及ばんッ！」

いとも容易《たやす》く振り払われたことで、エドワードの身体が強く崩れる。

「黙れぇぇぇぇぇぇぇぇぇぇぇッ！」

……しかし、最期はあっけない。

力量差、それが如実に表れた結果なのだろうか。マルコは剣を振り上げると、エドワードが切られたと気づかない速さで振り下ろした。

エドワードの胸元は深く、大きく切り裂かれ。

真《ま》っ赤《か》な鮮血が噴水の如く噴き出した。

「かっ……ぁ……っ……」

「面前に在るは王家の剣。獣が敵《かな》う代物ではない」

「ぐ、あっ……がぁっ……涙も流せない……欠陥だらけの存在、めぇ……ッ」

鎧の身体を揶揄《やゆ》したが。

「この身体も欠陥ばかりではないぞ。涙が出ないならばそれは幸福だ。主君の前で無様な姿を晒《さら》さずに済むのだからな」

こう口にして、忠義の騎士は闊歩《かっぽ》する。

「――――しかし、主君のために涙を流せないのは欠陥なのかもしれないな」

肩に巨大な剣を乗せ、ハイムに蔓延《はびこ》る獣の手の者へと、終わりを告げるために。

◇◇◇

ところ変わって、港町ラウンドハート。

海龍艦リヴァイアサンの一室では、リリが重苦しい表情で報告を受けていた。

「クリスティーナ様は命に別状はありません。数時間も経《た》てば目を覚まされるでしょう」

報告に来ていた治療師の顔は晴れない。

「ただ、ディル護衛官殿は違います。……数日間でしたら、生命活動の維持も可能ですが……」

「……その数日後は、どうなるの?」

「本国に戻り次第、治療魔法を扱える者をギルドを通じて呼び出すことは可能です。ですが、今の状況では何も言えないのです」

「祈れってこと?」

こくん、と治療師が頷《うなず》く。

するとリリは放心した様子で椅子に座り、ありがとうと口にして俯いた。

リリの様子を察してか、治療師は静かに退室する。

残されたリリは目に涙を浮かべ、悔しさを滲《にじ》ませていた。

「戦争だもん。分かり切ってたけど……でも、割り切れるかは別だよ……」

こうしていると、部屋の外が賑《にぎ》やかなことに気が付いた。

「……緊急事態？」

賑やかというよりは、慌ただしいといった方がいいだろう。

痛みを感じながらも立ち上がると、リリは連絡通路に飛び出した。


連絡通路を進み、操舵《そうだ》室に入ってすぐのことだ。

「何が起こったの!?」

彼女は慌てた様子で尋ねた。

「よかった、ちょうどお呼びしようと思っていたところなんです！」

「だから、何が起こったのかを教えて！」

「分からないのです！　何やら海中に巨大な魔物が出現したらしく、我らと距離を取って威嚇するかのように構えている様子で……ッ！」

「巨大な魔物……？」

すると、リリはそれを確認するために窓に近づくと、それを乱暴に開放して流線型の屋根に飛び乗った。

「プリンセス・オリビア。並びに他の戦艦への連絡は？」

海風を一身に浴びながら、そこに居た近衛騎士に尋ねた。

「全艦が迎撃態勢を取り、何かが出現すればすぐさま攻撃に移る状況です」

でも、対処をしようにも、魔物が海中で待ち構えているのならばどうしようもない。

どのように対処すべきか……とリリが困った様子で考えはじめたところへと。

「――ァァァァァアアアアアアアアッ！」

魔物はリリやイシュタリカをあざ笑うかのように、突如、海面に姿を見せたのだった。遥《はる》か高みにまで海水を飛び散らかすと、口を大きく開き巨大な体躯《たいく》で威圧する。

太く長い手足を伸べると、ギョロッと蠢《うごめ》く目でリヴァイアサンを見た。

「ク……クラーケン……？　で、でも大きさが……ッ」

リリが戸惑う。現れたクラーケンがただのクラーケンではなかったからだ。

太くグロテスクな手足はとても長く、巨大な戦艦リヴァイアサンをも包み込むほどの大きさがある。

加えて、頭の部分も巨大で威圧感に溢《あふ》れており、怖《おそ》れを抱かせて止《や》まなかった。

「リヴァイアサンは海龍とも戦えるし、ここにはプリンセス・オリビアもある。だけど、この大きさは……」

簡単にはいかないとすぐに分かった。

現れたクラーケンは、マグナで現れた成体の海龍と比べても遥かに大きい。

当時の海龍の倍は超えているだろう体躯が、その危険性を訴えた。

「リリ様！　急いで処理せねば、現在交戦中の我々の仲間が！」

「分かってる！　急いで考えるから……ッ！」

巨大な魔物が面倒なのは、偏《ひとえ》にその体力にある。

頑丈で打たれ強く、生命力に満ち溢れている。

何から手を打つべきだろうか。

――迷っていたところへ聞こえてきた、一人分の足音。


「葉巻か。悪いが一本もらうぞ」


まさに突然だった。

何の前触れもなく……一人の男が現れたのだ。

彼は困惑する近衛騎士《このえ》の懐から一本の葉巻を取ると、指をパチンと鳴らして火をつける。

指元からは焦げ臭い香りが漂い、力ずくで火をつけたのが分かる。

また、彼の容姿は美しかった。

男性だというのに、女性的な美しさを持ち、靡《なび》かせる銀髪が宝石のように艶《つや》やかである。

「あ、貴方は……ッ⁉」

痛む身体に耐え、リリが懐から短剣を抜き去ろうとした瞬間のことだ。

やってきた男はあくまでも落ち着いた態度で、リリの背後を取る。

目にもとまらぬ足さばきで回り込むと、リリの手を優しく押さえ、誰《だれ》もが想像しなかった言葉を発する。

「暗器を使う者の弱点だ。身体に違和感があると、その動作は赤子のように低下する。一辺倒の訓練では駄目という証拠だな」

彼は現在の状況を気にすることなく、リリに対して理路整然と助言を送ったのだ。

すると、身体中に冷や汗を流すリリを横目に、悪いな、と口にして彼は一歩前に出る。

「途中で確認したが、お前たちの元帥は急いでここに向かっている。このタコと町の魑魅魍魎《ちみもうりょう》は俺たちに任せ、お前たちは国に戻る支度をしていろ」

「だ、だからッ！　貴方は誰って聞いてるんですッ！」

「黒騎士の団長にして、お前たちが崇《あが》める王の父だ」

「……はい？」

リリや近衛騎士にとっては意味不明な一言――。

それを残すと、彼は我が物顔で歩き出し、すぐ傍《そば》に出現したクラーケンの近くに進む。

「ほらほら。ご先祖様の言うことは素直に聞くべきよ」

今度は誰だと思って振り向くと、立っていたのは見たこともない佳人だ。

その佳人は漆黒の髪を靡かせ、果てしなく艶《なま》めかしく微笑《ほほえ》んだ。

髪の毛と同じく漆黒のローブに身を包むが、浮かび上がる凹凸は、そそられない男を探す方が難しそう。

いったい誰なんだ。

リリや近衛騎士がもう一度尋ねようとしたが。

「静かに待っていいてね」

彼女の声を聞いた途端、皆は身体の自由が利かなくなったのだ。

身体は決して重くないのだが、どうにも足が上がらない。上げてはいけないと脳が錯覚しているようだった。

リリたちが動かなくなったのを確認すると、彼女は男を追って前に進む。

「どうかしら？」

「どうとは」

「分かってるでしょ。今はあまり時間がないんだから」

「ミスティらしくもないな。この大きさの海龍なら多少面倒だったかもしれないが――あれは所詮《しょせん》、タコだ」

男、ラムザはそう言って首を振る。

「どうもこうもない。もう済んでいる」

ミスティが空を見上げると、広がる雲に一本の切れ込みが見えた。

「……はじめからそう言ってよ」

やがて、巨大なクラーケンは脳天から真っ二つに割れる。

深海へとその身体を沈めていき、リリたちから言葉を奪った。

「おい」

けど、乱暴に声を掛けられたリリは気が抜けた様子で。

「は、はいっ!?」

「後の戦いは任せろ。俺たちが船を降りて何とかする」

「何とかするって――ちょ、ちょっとっ!?」

返事を待たず、甲板から海の方へ飛び降りてしまった二人。

彼らは海に沈んだ様子もなく、瞬く間に姿をくらましたのだった。


――――港町ラウンドハート周辺に蔓延る敗残兵。

いずれもハイム兵ばかりだが、中には気概のある者たちも居た。

祖国ハイムへの愛国心に満ち満ちた、最後まで戦う意思を露《あらわ》にした一人の将軍に率いられた兵団である。

彼らは撤退を開始したイシュタリカの軍勢を追うため、港町ラウンドハート近くにやってきた。

いざ、町の中へ。

先頭を馬で駆ける将軍がふと、町の入り口で足を止めてしまう。

「悪いがここは通れないぞ。俺は接近戦ならば、たとえ相手がアーシェであろうと後れを取らないからな」

積み重ねられた遺体の数々。

どれも先だって馬を走らせていたハイム兵のものである。

山と化した遺体の上に腰かけるのは、全身を漆黒の鎧《よろい》で覆われた巨躯《きょく》の美丈夫だ。彼が天に向かって手を掲げたかと思えば、その男の手には、巨大な剣が掲げられる。

「私は誉《ほまれ》あるハイム王国が――――」

「名乗りは要らん。戦う気があるのなら剣を抜け。しかし抜くなら覚悟しろ。俺もそれを合図に剣を振る」

「……貴様、名乗りを遮るとは無礼なッ！」

「気を悪くするな。悉《ことごと》くが何《いず》れも小鬼。幾万もの獣となろうとも、迎える末路に差異はない」

彼はハイムの軍勢をひとまとめに貶《けな》し、気怠《けだる》そうに立ち上がる。

すると彼は鋭い双眸《そうぼう》でハイム兵を睥睨《へいげい》した。

皆、本能で彼の強さを悟ったものの、されど最後まで戦うと決めた者たちだ。

誰よりも先に将軍が剣を抜き――――。

「……え？」

そう、抜いた瞬間だった。

ラムザは遺体の山から姿を消し、気が付くと将軍の背後に。

彼は迷いなく剣を振り、将軍の身体《からだ》を両断した。

「――――刮目《かつもく》せよ。其《そ》は匹儔《ひっちゅう》する者なき剣の王」

その一言一言がハイム兵へと重くのしかかり、彼らは心の奥底からの恐怖を抱く。

例外なく全身に汗を浮かべると、手足を静かに震わせる。

「――――刮目せよ。其の面前、一切が立つことを許さず」

本能なのだろうか。

シャノンの影響を受けたハイム兵ですら、自然と畏怖《いふ》してしまう。

そして、ハイム兵が慌てて剣を抜くと同時にラムザが剣を天へと掲げ、ハイムの大軍に向けて振り下ろす。

「その眼《め》に映るは世界最強の剣士だ。遠慮することなく喜び喘《あえ》ぎ、冥途《めいど》の船賃にでも充てるといい」

海龍をも一刀に処する最強の剣がハイムの大軍へと襲い掛かる。

曇りがちだった港町ラウンドハートへと、一筋の光芒《こうぼう》が舞い落ちる。

アレは人知を超えた力に他ならない。

人の寿命全《すべ》てを修行に費やしても到達し得ない高みにあり、これまで積み上げた統一国家イシュタリカの技術を兼ねそろえようとも、彼と相対するのは愚を極めるだろう。

◇　◇　◇

ミスティが見る方角には、巨大化をつづける暴食の世界樹《アイン》の姿がある。

王都中に深く根を張り、ツタを絡ませ、甘美な香りを漂わせる。甘く、香ばしく、でもどこかほろ苦く、それでいて唾液《だえき》の分泌を促す旨味《うまみ》を感じさせた。

「急げ！　急いで戦艦まで退《ひ》くのだッ！」

「ちょっと、元帥閣下！　合流して早々だけど、ハイム兵が邪魔すぎるわよ……ッ!?」

王都の方角からやってくるイシュタリカの軍勢。先頭を走るのはロイドとマジョリカの二人だった。

彼らは戦艦まで撤退するため、生き残った全ての騎士を連れ、大急ぎで馬を走らせていた。

だが、通り道に集まっていたハイム兵たちが妨害してくるせいで、彼らの進路は保たれていない。

「あの子たちを守ってあげればいいのね」

ミスティはどこからともなく豪華絢爛《けんらん》な杖《つえ》を取り出して、軽く振る。

すると彼女を中心に強風が吹き荒れ、ハイムの軍勢がミスティの姿に気が付いた。

「なんだ、あの女」

「へへっ！　早い者勝ちだぞ！」

分かりやすい態度でハイム兵たちが声をあげると、ハイエナのような瞳《ひとみ》でミスティを視姦《しかん》する。

が、される側のミスティはと言えば、男の視線には慣れてるのか、彼らのことなど気にしていない。

「誰だあの女性は……ッ！　皆、急げ！　急いであの女性を救出するのだ！」

撤退をつづけるイシュタリカの軍勢――その先頭を走るロイドがミスティに気が付き、馬の速度を上げる。

「ロイド《あの子》は元帥ね。それじゃ、お手伝いしてあげなくちゃ」

砂塵《さじん》の舞い上がる戦場にありながら、彼女の周囲だけは穏やかだった。

まるで茶会でも開いているかのような、雅《みやび》やかで婉《しと》やかな幻想を皆に抱かせる。

だが、無粋な者というのは何処にでもいるもので、ミスティの艶に誘われたハイム兵が下卑た欲望を押し出した。

「おらッ！　その身体を俺に————ッ⁉」

欲を満たすことは叶《かな》わず、振り上げた逞《たくま》しい腕からは指先を動かす感覚が消えた。

何故《なぜ》ならば、ハイム兵の指先が光る砂……まるでガラスのような砂になって崩れていったからである。

それは連鎖し徐々に肘《ひじ》へ。

肩へ……そして。

「ひ————ッ⁉　くるな！　近づくなッ！」

「近づかないわよ。興味ないもの」

ハイム兵の最期は筆舌に尽くし難い。

怯《おび》えたまま全身が砂と化し、辺りに吹きつづける風に煽《あお》られ姿を消したのだ。

砂が飛び去る光景は印象的で、真冬に降る雪が光を反射するかのよう。

「早く行きなさい」

彼女が敵か味方かの判断はついていなかったが、ロイドはすぐに頷《うなず》いた。

「急げ。このまま戦艦まで走るぞ」

「ロ、ロイド様ッ⁉　良いのですかッ⁉」

「分からん。分からんが……あの女性から、今は亡き我が母のような慈愛を感じたのだ」

戦争のせいで精神に異常をきたしたのか。

失礼ながら、近衛《このえ》騎士はこうした危機感をロイドに抱いた。

しかし、ロイドの目つきは変わらず雄々しく険しい。

………その後、彼らは。

大急ぎで港町ラウンドハートへと足を踏み入れ、剣の王が暴れまわる様を横目に、味方が待つ戦艦へと乗り込んだ。

そして、救助したアウグスト大公家の二人を連れ、リヴァイアサンに撤退したのだ。

◇◇◇

ほぼ死にかけ、尚《なお》も馬を急いで走らせたロイドの身体は限界に近い。

だが休む間もなく、大股《おおまた》で操舵《そうだ》室に向かった。

数人の近衛騎士を連れ、情報の確認を行うためにも急いだのだ。

「元帥ロイド、帰船した」

一番にロイドの目に入ったのはリリの姿だ。

なにやら考えていたようで、口元に手を当てて窓際で佇《たたず》んでいたのだが、ロイドの一声に気が付くと、慌てた様子で彼に近づく。

「ロイド様ッ！　無事だったんですね……よかった……ッ」

「助けられたから無事なだけだ。して、こちらの様子を尋ねたい。道中で会った女性もそうだが……あそこで暴れているいる騎士はいったい……？」

ロイドはあそこと口にすると、港町ラウンドハートの方角を指さした。

「結論から言えば、私たちも分かってない感じですね」

「……む？」

「なんて言えばいいのか、省略しながら説明しますと……」

リリは巨大なクラーケンが現れ、その後で何が起こったのかを告げた。

「銀髪の男性がいきなりクラーケンを沈めたかと思えば、港町に飛び出していったっていう感じでして。本当によく分かっていないんです」

「なるほどな。理解した。理解しきれないということをな」

ロイドの答えにリリが乾いた笑みを漏らす。

「ところで……赤狐は……」

「倒された、と、マジョリカ殿から聞いている」

「ってことは、私たちが勝ったんですッ!?」

本命だった赤狐の件が解決したと言われ、リリだけでなく、乗組員たちも大きく喜びの声をあげた。

だが、リリは喜び切れていなかった。

だったらどうしてここにあの方が居ないのか、と。

「アイン様は何処にいらっしゃるんですか」

さっきよりも声を固く、ロイドを詰問するかのように尋ねるのだ。

そうなると、ロイドは苦々しく、今にも泣きそうな表情を浮かべて目を伏せる。

近衛騎士も一様に俯《うつむ》いてしまう。

「分からんのだ。私が聞いているのは、生きておられるということだけだ」

「ッ……ロイド様！」

リリがロイドに近づき、彼の肩に手を置いて身体を揺する。

立場を考えれば不敬なこと甚だしいが、今のリリを咎《とが》める者は誰《だれ》もいない。

「あら、怖い顔してるのね」

そこへ、我が物顔でやってきたのはミスティだ。

「色々気になってるようだけど、怪我《けが》もしてるんでしょう？　ほら、落ち着きましょうね」

ミスティの言葉はまるで麻薬だ。

脳髄にまで沁《し》み込むと、その声に従わねばならない――――という気持ちにさせられる。

「きゅ、急に触らないでください！　そもそも、誰なんですか貴女《あなた》はッ！」

「私はミスティっていうの。よろしくね」

「あ、はいどうもご丁寧に――――じゃなくて！」

いくら丁寧に挨拶《あいさつ》を返されようとも、リリの疑問が解消したわけではない。

だが、ミスティはそんなリリを気にすることなく向きを変えると、乗組員に声を掛ける。

「貴方たちの王太子からの命令です。騎士の乗船が済み次第、急いでハイムを離れ、全艦全速力で王都キングスランドへと撤退しろ。さぁ、取り掛かりなさい」

「はっ！」

「畏《かしこ》まりました」

勝手に命令を下すと、ミスティは振り返ってロイドたちを見た。

やけに素直に乗組員が言うことを聞いたのが不思議だったが……。

「何を勝手に命令して……ッ！　アイン様が戻ってないんですよ⁉　それに、貴女には我らに命令する権利はありませんッ！　ロイド様もどうして黙っているのですかッ⁉　いくらアイン様がマジヨリカさんに命令したとしても、アイン様を置いていく理由にはならないでしょッ⁉」

彼女にしては珍しく、厳しく問いかけた。

「アイン君はもう、貴方たちでは手に負えない状況なの。だから貴方たちをハイム王都から遠ざけたのよ」

「は、はぁ……⁉　手に負えない……？」

「それと、マルコがそこの彼に告げたように、アイン君は生きているわ」

再び生きていると聞き、リリの刺々《とげとげ》しい声色にも変化が生まれる。

「話がさっぱり分かりません。――――あと、私は見ず知らずの方の言葉を信じられるほど、純粋じゃありませんよ」

されど警戒するリリは眉《まゆ》をひそめ、微塵《みじん》も心を許している様子はない。

一方で、ロイドは思いのほか冷静だった。

皆が見知らぬ女性の命令を聞くという異常に対し、ふと古い記憶を思い出していた。

あれは確か、海龍騒動のときのこと。

「あの日、城を出ようとしたアイン様は私をはじめとするすべての騎士を拘束した。アレと比べれば優しいものだが、貴殿の声からは似た何かを感じてしまう」

「……ふふっ」

「加えて、貴殿の姿を古い本で見た気がする」

「話が早くて助かるわ。それじゃ、静かな部屋を貸してくださる？」

「リリ。場所を移動しよう。どうやらこちらの女性が我らに説明をしてくださるそうだ」

「ロイド様まで……ッ！　もう！　私は知りませんからねッ！」

不満げに大股で歩くリリが操舵室の扉を開けて、二人を先導する。

リヴァイアサンが出航したのを確認しながら、ここで気が付いた。

「貴方と一緒に居た銀髪の人は来ないんですか？」

「銀髪の人……ラムザのことね。あの人なら後で来るから大丈夫よ」

素朴なリリの疑問に、ミスティはあくまでも優しげな表情でさらっと答えた。

「あとで来るって言われても、戦艦が全体撤退してしまえば……」

「大丈夫よ。泳ぐか、魚を捕まえて乗ってくるらしいから」

リリとロイドは呆気《あっけ》にとられたが、急いで気を取り直し、ミスティを別の部屋へと案内する。

「それにしてもロイド様、よくご無事でしたね。撤退していったエドワードとは遭遇しなかったんですか？」

「したとも」

「はえ⁉　ほ、ほんとによく生き残れましたね……ッ⁉」

「……だから、助けられたと言ったろう」

ロイドはこうして思い出し、リリに言うのだ。

絶体絶命のとき、誰が助けに来てくれたのかを。

望まぬ形の終戦

時刻はもうすぐ夕飯時で、王都が一日で一番の賑《にぎ》わいを見せる時間帯だ。

急な連絡のみで帰国したリヴァイアサンだったが、到着した港にはすでに多くの王都民、加えて城の関係者たちが足を運んでいた。

皆が例外なく希望に満《み》ち溢《あふ》れた表情をしているのがロイドの心を抉《えぐ》る。

晴れやかな夕方の景色《けしき》とは対照的に、騎士らの表情はとても重苦しい。

「退《ど》いてッ！　怪我人が居るから、話は後ッ！」

リヴァイアサンから小船に移って港まで移動する。

というのも、アインが出発した時と同じく、王都の港ではリヴァイアサンを受け入れることが難しいからだ。

小船から降りたリリは慌ただしい様子で道を開けさせると、用意されていた馬車へと急いで怪我人を移動させる。

特に重要なのはクリスとディルの二名だ。

だから王都民に動揺が広がらぬよう、隠しながら事を運んだ。

「――元帥閣下！　お帰りなさいませッ！」

「おうおう、我らが英雄様たちのお帰りか――って、元帥閣下、片目が……ッ⁉」

茶化すように祝福する王都民が、今は若干鬱陶《うっとう》しく感じてしまう。

それでもロイドは笑みを振りまくと、ミスティを連れて急いで馬車に乗り込んだ。

馬車に乗せられるも、依然として目を覚まさない二人を見たミスティが言う。

「この金髪の子はそろそろ目が覚めそうね」

それは朗報だ。

しかし、ロイドからすればディルのことも同じく重要だ。

「ディルは……私の子はどうなんだ？」

「――――この子自身の生命力次第、としか言えないわ」

最悪の答えも想定していたが、まだ希望は残されている。

今のロイドにはそれだけでも救いだった。

「ロイド様！　城なら設備も豊富です！　だから、絶対になんとかなりますッ！」

「……すまない。その通りだな」

リリに力づけられたロイドは頬を強く叩《たた》く。

手形がつくほど勢いよく頬を強打すると、力の入った瞳《ひとみ》で宣言した。

「まずは陛下にご報告だ」

◇　◇　◇

城は今までにない空気が漂っていた。

不気味なまでの静けさを感じさせるかと思えば、ところどころから響く怒声。

城を一人の人間に例えるならば、まさに情緒不安定の一言に尽きる。

そんな中、大急ぎで走ってきた馬車——その先頭が城の入り口へと到着し、大急ぎで怪我《けが》人を下ろすのだ。

出迎えた騎士を見て、リリが。

「急いで！　くれぐれも慎重にッ！」

「——はっ！」

「承知致しました！」

出迎えに来た城の騎士と給仕に怪我人を任せると、特にクリスとディルのことを慎重に扱えと伝える。

つづけてロイドとミスティも馬車を降りると、目の前に広がる城の姿に目を向けた。

それを見て、小柄な給仕のマーサがロイドの下に近づく。

「……あなた」

「……ああ」

マーサにも不穏な空気は伝わっている。

彼女はたったいま運ばれていったディルの後姿を眺めると、口を強く噤《つぐ》んだ。

ロイドの様子がいつもと違うことにも気が付く。というのも、今のロイドは片目になってしまっているからだ。

彼女は次の瞬間にはロイドに強く抱き着いて、少しの間、身体《からだ》を震わせていた。

「陛下がお待ちになってるの。だから急いで」

「相分かった。マーサはディルの元に居てやってくれ。すまん。私は一緒に居てやれぬのだ」

ディルの容態について、マーサはいったいどんな想像をしていただろう。

ロイドの言葉にはっとした表情をすると、後ずさるようにロイドから離れていった。

「私も、為《な》すべきことを為さねばならんな」


城内に入ってからは、久しぶりに柔らかな絨毯《じゅうたん》の上を歩いた。

リリを連れ、ミスティを案内するロイドはすぐに謁見《えっけん》の間へ到着した。

ここに来るまでに、シルヴァードが謁見の間に居ると聞いていたわけではない。でも、陛下はここに居ると確信していたのだ。

「ただいま戻りました。陛下」

扉の前でそう言葉にするロイド。

中からは人の気配がするが、返事は一向に届かない。そこでロイドは数回ノックしてから扉に手を掛けた。

重厚な木材が軋《きし》む音と共にゆったりと左右に開くと、中に居る人物の姿が見える。

玉座に腰かけ、圧倒的な存在感を放つシルヴァードが俯いていた。

そして少し距離を空け、ラルアとクローネの二人が佇《たたず》む。その反対側にはカティマがひっそりと控えていた。

「余の近くに参れ」

声を合図にロイドが足を踏み入れ、二人に先んじて前に進んでいく。

「余は聞かねばならん」

「――――はっ」

「何のことか分かるな。この場に王太子が……アインがッ！　余の孫が居ない理由をだッ！」

覇気を放ち悲しげに語るシルヴァードがここではじめて顔を上げた。

「お主、片目を……ッ!?」

シルヴァードの言葉を聞き、ララルアとクローネの二人も悲痛な面持ちに変わる。

口元に手を当て、その悲惨さを感じ取った。

一方のロイドはシルヴァードの言葉に身体中に力を込めると、大股《おおまた》で進んで床に膝《ひざ》をつく。

「陛下。我が目のことは些細《ささい》な問題でございます。先に、アイン様のことについてご報告をしたく存じます」

「聞きとうない。余は何も聞きとうないッ！」

聞かねばならないと言っておきながら、シルヴァードの態度が一変する。

シルヴァードはロイドの怪我に重苦しい表情を浮かべるものの、目を合わせることなく身を縮めた。それにはララルアやクローネも悲しげな表情を浮かべる。

……すると。

この悲痛な雰囲気が漂う謁見の間に対し、ミスティがはっとさせられる声で口を開く。

「我が子の血を引く者がそのような態度をしてはなりません」

謁見の間の外で様子を見ていたミスティがとうとう足を踏み入れた。

杖《つえ》が床をつくたびに、異様な威圧感が波及していく。

「さぁ、我が子の血を引く者よ。顔を上げ、私の声に耳を傾けなさい」

そうしなければならない。シルヴァードは不可思議な強制力を感じてそれに従う。

顔を上げれば黒いローブに身を包む女性の姿がそこにはあった。

「そなたは……」

いったい誰《だれ》だと思ったのはシルヴァードだけじゃない。ラルアやクローネも同じく、その正体が誰なのか気にしていた。

だが、彼女たちとは対照的だったのはカティマである。

「どうしてエルダーリッチがここに居るのニャ……ッ⁉」

カティマの驚きが全員に伝わる。

ヴィルフリートが書いた本を読み漁《あさ》ったカティマにとって、ミスティの姿を理解するのは簡単すぎたのだ。

本に書かれていた通りの容姿に加え、不思議と感じさせられる強制力。

その手に持っていた豪奢《ごうしゃ》な杖が何よりの証拠だ。

「エルダーリッチだとッ……⁉　いや、まさかそれでは――――ッ！」

シルヴァードは気が付く。

先ほどの我が子の血を引く者――という言葉の意味を。

「王太子アインの現状について教えましょう。すでに元帥とリリという少女には伝えてあるけど、ここに居る皆にも改めて教えます」

「ッ――――ア、アインは命を落としたのではないのか⁉」

「彼は生きてます。ハイム王都に強く根を張り、周囲の存在を吸収し、生長をつづけながら生きているのです」

「分からん……どういうことなのだ……」

「彼は赤狐《あかぎつね》の長《おさ》を打ち取った。でも最後に精神的な隙を突かれ、宿す魔王の力に敗北したの」

「魔王という言葉に皆が動揺する中でも、シルヴァードは気にすることなく口にする。

「魔王アーシェと同じように、ということなのか」

「そうね。だからアイン君は最期の力を振り絞って、マルコの魔石から得た眷属《けんぞく》というスキルを用い、私とラムザ、そしてマルコを召喚した」

シルヴァードは困惑ばかりが募っているようだ。

しかし、二人の会話を聞いて、ララルアがはじめて声を発する。

「口を挟む無礼をお許しください。陛下、それに………」

「ミスティよ」

「失礼致しました。ミスティ様。申し訳ないのですが、私とクローネは皆様のお話についていけません。もっとも、カティマは知っていたようですが」

カティマも誰かから聞いたわけではない。彼女は単に予想していただけだ。

「魔王という言葉についてと、我が子の血を引くという言葉の真意をお尋ねしたく存じます」

イシュタリカ王家の女は強い。

その言葉を体現するかのように、ララルアは毅然《きぜん》とした態度でミスティに尋ねた。

クローネはラルアの隣で静かに頷《うなず》くと、ラルア同様に表情を引き締める。

「今世の王よ、私の口から説明してもいいかしら？」

シルヴァードはすぐに頷いた。こうなってしまっては、アインと共有していた秘密を隠しておくわけにもいかなかったのだ。


ミスティが語る事実にラルアたちは驚かされた。

すでにロイドとリリは聞いていたが、アインが魔王になっていたということや、イシュタリカ王家の真実。魔王アーシェが建国の祖である事実。

『私の名前はミスティ・フォン・イシュタリカ。夫はラムザ・フォン・イシュタリカ。一人息子の名前はジェイルって言うの』

すべてに驚き、絶句した。

説明を聞き終えたラルアはしばらく沈黙して、これらの事実を教えなかったシルヴァードを睨《にら》みつけようとした。だが、彼の心情や話の内容を鑑みて、ラルアはすんでのところでそれを抑えたのだ。

「私としても、今のお話を聞いてアイン様の急激な成長に納得した次第です。剣の腕は勿論《もちろん》のこと、膂力《りょりょく》に至るすべてが以前と別人だったのも、魔王に進化してというのなら理解できます」

「ですよねー……リリちゃんも同じでした。あ、ちなみに私もロイド様も、魔王になったからってアイン様に忌避感はないですよ！」

二人の言葉に頼もしさを覚えたラルアが口を開く。

「ミスティ様はジェイル陛下のお母君にあたるということなのですね？」

「そうなるわね」

事情を理解したラルアはため息をつくと、姿勢を正して前に進む。

シルヴァードよりも前に進み、ミスティのすぐ傍《そば》に足を運んだと思いきや、すぐさま膝を折ってみせた。

「数々の無礼。どうかお許しくださいませ」

現王妃が頭を下げるという事態は異例だ。

だが、立場から言っても、前王やその妃《きさき》を相手にしていると思えば、王妃ラルアが頭を下げることに違和感はない。

とりわけ初代国王ジェイルの母と聞けば、イシュタリカの人間としては頭を下げないことは考えられないのだから。

「陛下。貴方《あなた》も頭を下げるべきかと」

「む……た、確かにその通りだ」

「いいのよ。無礼が過ぎると問題だけど、貴方たちに頭を下げろとは言わないから」

ラルアが頭を下げると、玉座近くではカティマとクローネが同じく頭を下げていた。

「そんなに素直に私のことを信じてもいいのかしら？」

当然の疑問だ。ラルアたちが素直に自分の話を信じたことを不思議に思うと、気にすることなくそれを尋ねる。

「それについては疑う余地もない。今までの情報はすべて、余が信頼する王太子の報告なのだ。加えて、シス・ミルに居るエルフの長の言葉もある。魔王城にある墓石にも、初代陛下はミスティ様とラムザ様の子であると刻まれていたというのだからな」

初代国王ジェイルの家族関係と出自はもう調査済みだ。

特にアインとシルヴァードの二人はエルフの長の話もあり、ここに新たな裏付けを得る必要はなかった。

「そろそろ本題に入ろうかしら。私がここにやってきたのは他でもない、アイン君の現状を何とかするためなの」

「ッ――――アインの暴走を止められるのか⁉」

「ええ。暴走を止めることは出来るわ」

するとララルアとカティマも頭を下げ、ミスティの言葉に感謝を捧《ささ》げた。

だが、ただ一人――――クローネだけが頭を下げず、ただじっとミスティを見ていた。口を開くことはなかったが、強い視線でミスティを見つめていた。

「そういえば、陛下。オリビア様はどちらに？」

ここにオリビアが居ないことに気が付くと、ロイドはそのことをシルヴァードに尋ねる。

「オリビアは昼頃から体調を崩し寝込んでいるのだ。急に気を失ったかと思えば、それから目を覚ましていないとマーサから聞いておる」

「な――――なんともそれは、心労が溜《た》まっていたのでしょうか……」

二人の会話へ、軽い口調でミスティが。

「根付いているんじゃないかしら」

不吉な言葉を口にした。根付くという言葉は、アインやオリビアのようなドライアドからしてみれば死活問題である。

「根付いている……まさか、やはりローガス殿とッ⁉」

ミスティはすぐにそれを否定する。

「いいえ、違うわ」

「余も分からん。ではいったい誰《だれ》が……ッ！」

「ドライアドの性質は謎が多いから分からないことも多いけど、きっとアイン君よ。アイン君も赤子の頃《ころ》は母乳を貰《もら》っていたはず。これが原因で知らない間に根付いていたのかもしれないわ」

この言葉を聞き一同は説得力を感じた。

オリビアは最近では、戦地に向かうアインの額に口づけをするなど、常にアインへと愛を向けてきた。であれば無意識のうちに根付いていた、という事態であってもそうおかしくない。

そもそも、アインはドライアドが番《つがい》を生み出すための習性を用いて生まれたというのもある。

よってオリビアの現状も、アインの暴走に影響を受けていると推察された。

「では、アインの暴走が収まらぬ限り、オリビアも危険であるということか」

「……そうね。アイン君の暴走を止めれば、彼女の身体《からだ》の症状も治まるはずよ」

またただ。

クローネは違和感を覚えてしまう。何か、ミスティが隠しているように思えてならなかった。

「ロイドよ！　急ぎイストへ連絡を取れ！　オズを呼び戻さねばならんッ！」

「は……はっ⁉　オズ教授がどうしてイストに居るのです⁉　ウォーレン殿と共に襲われた際の傷

もあり、まだ入院中だったはずではッ!?」

「いいや！　あやつは昨日《きのう》、目を覚まし、仕事をしなければと言ってイストに向かったのだ！」

「何という御仁だ……相も変わらず頼もしいお方です。とんぼ返りというのは申し訳ないが、アイン様の一大事。すぐにでも王都に来ていただきましょう」

その横で、クローネはラルアに許可を取ってから口にする。

「ミスティ様。どうかしばしの間、城に滞在を」

「貴女《あなた》は？」

「申し遅れました。私は王太子殿下の傍付《そばづき》をしているクローネと申します」

「……そう、貴女が……」

品定めするような言うと不躾《ぶしつけ》だが、似た視線だった。

その視線を向けられたクローネは毅然として、怯《ひる》まない。

どうしてそんな目を向けられるのか、と不思議でたまらなかったものの、アインのためと思いながら、ミスティの言葉に隠された真意を探っていた。

◇　◇　◇

クローネは夜の城内を歩いていた。

一人、物静かな足取りは心に生じた焦りを感じさせない。

「…………アイン」

これからどうすればいいのか、どうしたら彼が元に戻ってくれるのか分からない。

その助けに来たとミスティは口にしたが、何となく信用できなかった。

何故《なぜ》かと聞かれると明確な返答は出来ないが、ミスティが意図的に何かを隠しているように思っていたから。

「…………言葉を選んでいたもの」

他の者たちは気にしていなかったが、引っ掛かる。

直接尋ねるべきか、否か――。

迷っていた彼女はウォーレンの部屋の前を通り過ぎた。

「あら」

すると背後から。

ウォーレンの部屋から出てきたミスティがクローネの背に声を掛けたのだ。

「こんばんは、クローネさん」

彼女が親しい態度を見せるとすぐ、もう一人、ラムザが部屋を出てくる。

いつの間に城に来ていたのか、それはクローネも聞いていない。だが、ロイド曰《いわ》く泳いでくると言っていたらしいし、本当に海を泳いできたのだろう。

「どうしたんだミステ――ああ……そういうことか」

「あなたはそこで待っていて。私はこの子と話がしたいの」

急に何を話すというのか、これを不思議に思ったクローネは振り向きざまに短く深呼吸をした。

「彼は私の夫よ」

「存じ上げております。確かデュラハンの――」

「ラムザだ」

「……お初にお目にかかります。私はクローネ・オーガストと申します」

軽く挨拶《あいさつ》を交わしてから、ラムザは壁に背を預け、ミスティはクローネの傍に近づいてくる。

「ウォーレン様のお部屋に御用があったのですか？」

「ええ。彼と、今はベリアと呼ばれている子にね。二人には私の子もお世話になったから、特にウォーレンの体調が気になったの。彼の魔石に私の魔力を与えてきたから、近いうちに目を覚ますと思うわよ」

それは朗報だ。

すると、ほっと胸を撫《な》で下《お》ろしていたクローネの前でミスティが笑う。

「謁見《えっけん》の間での貴女はとても印象的だったわ」

「私が印象的、ですか」

クローネは自らの格好に目を向ける。

今日の服装はいつも通りだし、化粧だって抜かりはない。

少なくとも、印象的だったのは外見ではないらしい。

「もしよければ、私の何が目に留まったのかを教えていただけないでしょうか」

耐えきれず尋ねるクローネへと、ミスティは試すように言う。

「私の言葉に強い違和感を覚えたのはクローネさんだけだったわ。そして今、クローネさんはそれを私に聞くか否かで迷っている」

「ッ――――!?」

「彼のことが大事なのね。聞かなくとも分かるわ」

看破されているのならば、気にする必要はない。

「ミスティ様は陛下がお尋ねになった言葉の真意をわざと汲《く》み取らず、誤魔化《ごまか》すような振る舞いでいらっしゃいました。これを違和感と言わずして、何と言いましょう」

本格的に取り繕うことをやめたクローネは、遠慮することなくミスティに近づいた。

「教えを乞《こ》うということは、私に差し出せる代償があるの？」

ミスティは答えるのを拒んだ。

「お望みのものがあれば、なんなりと」

「じゃあ、命をちょうだいって言ったら？」

「その場合、アインを必ず助けるとお約束をいただかなければなりません」

「約束したらくれるのかしら」

「私の命でよければ差し上げましょう。先にアインの安全を保障してくだされば、ですが」

あっけらかんと答えるクローネを見て、長い時間を生きてきたミスティでさえ驚かされた。

全く冗談が感じられない。本当に命を差し出すのだろう、そう思わせる決意に満ちた表情だ。

壁に背を預けたラムザも驚きの表情を浮かべ、クローネの方を見た。

「――――約束してあげたいけど、今は出来ないの」

やはり、彼女は何かを隠していたのだ。

「ミスティ様はアインの暴走を止めるために来たと仰《おつしや》いました。ですがアインの安全は保障できないとのこと」

ここから導かれる答えは一つ。

「最初から、アインを元に戻すつもりではなかったのですね」

「…………」

「暴走を止める、つまり、アインを殺してしまうおつもりなのですか……ッ!? そんなことをしてしまうと、オリビア様まで……ッ！」

震える声と、震える唇。

でも気丈に振舞い、瞳《ひとみ》に浮かんだ涙は何とか流さず堪《こら》えた。

返事を聞くのが怖い。

しかし、聞かないで逃げる方がもっと怖かった。

「このままなら、そうせざるを得ないわ」

ミスティの声も微《かす》かに震えていた。

不本意であることが、ひしひしと伝わってくる。

「私たちでは力が足りないから、アイン君を救うことは不可能なの」

「代わりに、俺とミスティのすべてを賭《と》して共倒れなら、という話だ。ただまぁ、これも確約できるわけではないが」

たとえば戦艦の主砲を放つというのもあるが……。

問題は飛距離と、そもそもそれでも力が足りないという話だった。

「アーシェの魔石を武器に戦うことも考えたの」

「だが、恐らく足りない。アーシェの魔石に宿る魔力は膨大だが、今のアインはその上を行く魔王だからな」

「そんな…………ッ」

だったら、もう諦《あきら》めるしかないのだろうか。

クローネはくじけそうになってしまった。

視界が真っ黒になっていくし、膝《ひざ》から崩れ落ちてしまいそうだった。

でも、堪えた。目元の涙を拭《ぬぐ》って顔を上げたのだ。

これには、ミスティとラムザの二人が驚いた。

そして「やっぱり貴女は――」とミスティが密《ひそ》かに呟《つぶや》いた。

「考えます」

クローネは背を向け、駆け出した。

「あっ、ちょっと！」

「何かできることがあるかもしれません！　異国の地に渡り命を賭《か》けた彼のためにも、私がここで諦めるわけにはいかないんですッ！」

彼女の後姿を目で追って。

やがて、顔を見合わせて切なげに自嘲《じちょう》した二人。

「彼女を試したのか？」

「いいえ、頼ったのよ。私たちでは足りないという事実は嘘《うそ》じゃないんだから」

「頼ったところで方法はないんだ。アインの最後の願いを叶《かな》えるには、俺たちが共に命を賭してでも戦わなければいけないッ！」

「分かってる。分かってるの」

ミスティは胸に手を当て、俯《うつむ》いてしまう。

そんな妻の姿を見たラムザが近寄り、肩を抱く。

「アーシェが居てくれたら、話は別だったかもしれないな」

ないものねだりで、復活なんて不可能な夢のまた夢の話であるが。

奇跡という言葉が頭に浮かび、しばらくの間離れなかった。

◇◇◇

突如ハイム王都に現れた大樹がアインである、とは騎士たちにも告げられなかった。

が、多くの騎士たちはそれを予想していたのだ。そうなっている理由までは分からないが、アインの種族がドライアドであるから予想できた。

特に今回の場合、ハイム近郊での戦いを多くの騎士が覚えている。

それに、戦いが終わったのにアインの姿がないことが、その裏付けだったと言えよう。

そのため、シルヴァードもすべてを秘密にするのは不可能と判断して、あくまでもアインの状況を明言することだけは控えて、情報収集にあたっていた。

すべてをミスティたちに任せ、自分たちが黙っているなんて出来なかったのだ。

――――ただ、城には慌ただしく人が出入りしていたのに、何時間経《た》とうとも打開策が見当たらない。

一つも、欠片《かけら》も思いつく気配がなかった。

時計の針が少しずつ進む中、強い焦りを覚えたクローネの下を訪ねたのはマーサだった。

彼女はクローネの執務室に来るや否や、クローネの顔を見て言う。

「クローネ様。そろそろお休みくださいませ」

ここ最近は特になかなか寝つけていなかったこともあり、彼女の身体《からだ》は限界が近い。

瞼《まぶた》は重く、気を抜くと眠りに落ちてしまいそう。

「もう少しだけ考えてみようと思います」

彼女はそう言って、これまで読んでいた本に視線を戻す。

一瞬、顔を上げた際に見たマーサの目元の赤さに、自然と胸が早鐘を打った。

息子のディルが生死の境を彷徨《さまよ》っているとあってマーサも必死なのだ。

「…………では、せめてオリビア様のお部屋に行き、ご休憩がてらお話をされてはどうでしょう」

「ッ――――オリビア様が目を覚まされたのですか!?」

「はい。つい先ほど起きられました。陛下よりアイン様の状況を聞かれた後は、思いのほか落ち着いたご様子で少しお食事をされておりました。きっと、ご自身の体調もあって、予想されていたのかもしれません」

「そう……ですか」

クローネは重苦しそうに返事をして椅子から立った。

「少しだけご挨拶をして参ります」

「畏《かしこ》まりました。私は治療所の方におりますので、何かありましたらお呼びください」

こんな状況で呼び出すなんて、とんでもない。

オリビアが目を覚ましたからマーサは呼び出されたのだろうが、彼女からディルの傍に居る時間を奪いたくなかった。

クローネはそれから部屋を出て、急ぎ足で階段を駆け上がる。

慣れた足取りはつい、アインの部屋に向いてしまった。

このことにいつもと違った悲しみを感じ、でも顔を勢いよく左右に振って気持ちを切り替え、オリビアの部屋の前に立つ。

――――コン、コン。

軽くノックをしてみると、すぐに入室を許可するオリビアの返事が届く。

「オリビア様が目を覚まされたと聞いて来たのですが――――カティマ様？」

「ニャハハッ！　私の方が先だったニャー！」

「ふふっ、クローネさんもいらっしゃい」

ベッドの上で身体を起こしたオリビアと、そのすぐ隣に椅子を置いて座ったカティマ。

二人の近くに足を進めたクローネはベッド横に立った。

……………やっぱり、まだ顔色が悪い。

「あらら、クローネさんったら、可愛《かわい》いお顔が台無しですよ。ほら、いつもみたいに可愛らしく笑ってみせて」

「……オリビア様」

「大丈夫。心配しないでください」

その確信めいた言葉と自信は何処《どこ》から来るのだろう。

から元気、それとも自分を気遣って？　どちらにせよその心の強さを前にして、自分だけがくじけそうになっている場合じゃない。

「どうかしたんですか？」

黙っていていいのだろうか。

ミスティがシルヴァードに告げようとしなかったのは、彼の心労を鑑みてのことだ。であればオリビアに伝えることだって同じようなことのはず。

口を噤《つぐ》み、黙って自分が頑張ればいい。

「いらっしゃい、クローネさん」

そう思っていたのに、オリビアの細腕に抱かれた瞬間。

全身を覆っていた強い緊張の糸が切れ、ふっ――――と涙が頬を伝った。

「アインが……アインが死んじゃうんです」

遂《つい》に漏れた言葉へと。

オリビアとカティマが仕方なさそうに言う。

「私とお姉さまも知っています。何とかしたくて、二人でお話ししていたんですよ」

「し、知っていたのですか⁉」

「当ったり前なのニャ！　私を誰《だれ》だと思ってるニャ!?」

「お姉さま。お姉さまも最初は分かってなかったじゃありませんか。私に違和感があると指摘されて気が付いたのですから」

「細かいことは言いっこなしニャ！」

　ふと、クローネに笑みがこぼれた。

　涙を零《こぼ》しながらも浮かべた微笑みには、いつもの魅力が満ち満ちている。

「で、クローネは何を聞いたのニャ？」

「わ、私が聞いたのは、あのお二人の力があっても足りないということです！」

「想像通りだニャ。いくら伝説的な力を持つエルダーリッチとデュラハンと言えども、暴走した魔王を救えるなら苦労しないからニャ。それこそ、魔王アーシェのことも救えてたはずニャし」

　まるっきり振り出しに戻るわけだが、ここでオリビアが言う。

「クローネさん、例のお二人はどうすればアインを助けられると仰《おつしや》っていましたか？」

「……魔王アーシェの魔石を武器として使っても難しい、と仰っておりました」

　ミスティは『このままなら、そうせざるを得ないわ』と言っていた。

　逆に言うと、別のナニカがあれば話は別なのかもしれない。

「――――さっきまでお姉さまと話していましたが、使い方の問題なのかもしれません」

「それは……どういうことでしょうか。オリビア様」

「武器として使って駄目なら、兵器として使おうという話なんです」

「ま、ようは魔石砲で放てってことだニャ」

魔石の魔力をただ爆発させるのと違い、魔石砲で放つとその威力は数倍にも跳ね上がる。

ミスティがアーシェの魔石をどう使うかは定かではないが、イシュタリカが長い歴史の中で積み上げてきた技術は計り知れない。

一筋の光明が見えはじめたが、クローネはすぐに項垂《うなだ》れてしまう。

「……私でも分かります。あれほどの魔石を制御できる魔道具が存在していません。砲台はリヴァイアサンのものを使えるとしても、制御だけはどうしようもございません」

気を抜けば震えてしまいそうな声を気丈にも律していた。

手元を見れば、ぎゅっと握《にぎ》り拳《こぶし》を作っている。

そんなクローネを見て、オリビアは穏やかな声で言うのだ。

「いいえ、あります」

つづけてカティマが。

「オリビアと話していたら、それができる制御装置を思い出したってわけニャ」

「ええ。クローネさんが理解しているように、魔王アーシェの魔石の出力は膨大です。ですが、イシュタリカにもたった一つだけ、それに耐えられる魔道具が存在しているんですよ」

言葉を返そうにも相応《ふさわ》しい言葉が浮かばない。

まばたきを繰り返し、驚くクローネに告げられるのは。

「叡智《えいち》ノ塔にあるものを使うのです」

まさか、という言葉であった。

「私もしばらく失念していたのニャ。そもそも、普通であればあの魔道具を使うなんて考えには至らニャいしニャ～……」

「ですね……長い歴史の中でも、取り外されたことはないと聞いておりますもの」

「オ、オリビア様！　カティマ様！　どうか教えてください……っ！　叡智ノ塔に何があるのですかっ⁉」

「慌てなくとも教えるから、まずはコレを見るのニャ」

カティマが白衣のポケットから取り出したのは、折りたたまれた古びたメモ用紙だ。

間髪容れずに開いたクローネは、そこに描かれている叡智ノ塔を視界に収めた。

どうやら、地下の液化魔石のプール付近の設計図のようにも見えるが……。

「――液化魔石プールの制御装置を使うのニャ」

あれは膨大な量を溶かした液化魔石のすべてを制御するほどで、その能力はイシュタリカ広しといえど比肩するものがない魔道具である。

それさえあれば、たとえ魔王アーシェの魔石であろうとも使えるはずなのだ、と。

「叡智ノ塔の屋上にそれと対になった魔道具があるから、この二つを取ればいいのニャ」

「はい。お姉さまが仰っ――ごほっ……ごほっ……」

「オリビア様ッ！」

「落ち着くニャ。オリビアはまだ本調子じゃないだけなのニャ」

重要な情報を口にしたオリビアがせき込んだ。

瞳《ひとみ》が虚《うつ》ろに。ふらっと頭が左右に揺れた。

「もう少し休むのニャ。後のことは私に任せろニャ」

「お姉さま……ですが……」

「いいから、心配はいらないのニャ」

オリビアも口惜《くちお》しかったろうが、ここで気を失った。

やはり、身体が回復しきっていなかったのだ。

「………」

その横で、クローネの表情が冴《さ》えない。

光明が見えてきたというのに、どうしたのだろうか。

「お聞かせください。制御装置を取り外すと、復興途中のイストはどうなりますか?」

「さっすが王太子補佐官だニャー。想像してると思うニャけど、叡智ノ塔に依存してる装置はすべて使えなくなるし、町に張り巡らされたパイプだって、ただの鉄塊になるのニャ」

明らかに、この場に居る者たちだけで判断してよいことではないということだ。

「幸い、復興途中で人は住んでいないから、その意味では迷惑は掛からないはずニャ」

問題はその後のことである。

復興し終えた後で叡智ノ塔がないとすれば、それは甚大な被害と言えよう。

でも、優先順位は変わっていない。

「分かりました。私が急いでイストに向かいます」

迷うことは一つもない。

「会議をする時間もありません。今は一秒でも惜しいのですから」

仮に会議の場を設けたところで、アインのためならば制御装置を惜しまないはず。だが、その場を設けるための時間が惜しい。

「罰せられるのが怖くないのかニャ？」

「そんなの、平気です。…………私にとって、アインが居なくなること以上に怖いことなんて、この世に存在しませんから」

目と目を合わせ、言い放たれたカティマは言葉を失った。

クローネからすれば、自分の命を投げ捨ててでも、想《おも》い人を救えればそれでいい。

痛いぐらい伝わってきた感情を前に、カティマもまた覚悟を決めた。

「さて、クローネ。叡智ノ塔にある魔道具を外せる技術者が必要なのニャ。ただ、あれを外せる技術者となると、イシュタリカでも数人ぐらいだニャ」

自分一人で行動すれば誰にも迷惑は掛からない、そう思っていたのに。

「そんな悲しそうな顔をするもんじゃないニャ。諦《あきら》める必要はないからニャ」

話はここで終わらない。

これまでと違い、表情を真摯《しんし》なそれに変えたカティマがヒゲを揺らす。

そして、真っすぐクローネを見て。

「クローネに王族令を発令する。――――私と取引をするのニャ」

と、こうつづけたのである。

◇　◇　◇

夜。

忍ぶように。決して、見つからぬように。密《ひそ》かに身支度をしたクローネは城の裏手に向かい、巡回中の騎士の隙をついて城を出た。

「お、来たのニャ」

一足先に外に居たカティマと合流したところで、二人はホワイトローズ駅に向けて足を進める。

「本当によろしいのですか?」

「良いも何も、すべては私の王族令による命令ニャ」

先ほど発令された王族令の内容は単純だ。
1 カティマの供をすること。
2 すべてを秘密裏に行うこと。
……これだけである。

「叡智ノ塔の魔道具を外せる技術者は少ないニャ。でも、私なら出来る。かと言って、この情勢でお父様が私が行くことを許可するとは思えニャいわけで……。しかも、アインに残された時間はそう多くないからニャ」

だからこその王族令であった。

目的を果たすため、カティマが秘密裏に動けるよう補助をしろということである。

更に、カティマには別の目的もある。

「もう一度確認するのニャ! 私は作業が落ち着いたら、叡智ノ塔にあると聞く治療用の魔道具を取りに行くニャ」

だ。

「ディル護衛官のため、ですね」

「………ニャハハッ」

カティマが抱くもう一つの目的は、ディルを救うための魔道具だ。

叡智ノ塔はイシュタリカでも最先端の技術が集まるとあって、治療に関しても一味違う。ディルのため城に集まるよう治療魔法の使い手に招集をかけてあるが、その効果に期待は出来なかったのだ。

「こっちの件も、私が居なきゃ探すのが大変だしニャ」

他の技術者を頼れば何とかなった――――かもしれない。

が、アインと同じく、ディルも切迫した状況に変わりはなく、依頼するための時間も、待っている時間も惜しいのだ。

「あの馬鹿男を助けるには、もう治療魔法じゃ遅いからニャ。何とかして、あそこにある魔道具で治療したいってわけニャ」

きっと、カティマはクローネが思う以上にディルを気に入っている。

ここで尋ねるは無粋だろうが。

「今さらですが、ロイド様にご助力を願うべきだったのでは?」

「確かにまだ危ニャいかもしれニャいけど、ロイドに言うと止められるのは分かり切ってるニャ。マーサもそうニャけど、王女の私が危険な場所に行くって聞いて、止めないわけがないニャ」

たとえ息子の命が懸かっていようとも、だ。

「クローネも心配しなくていいニャ。イストに行くのはすべて私が責任を持つニャ」

「…………いえ、止めなかった私も同罪です」

「はっ！　なーに言ってるニャ！　王族の言葉に逆らうのかニャ？」

すべてはクローネに罪を背負わせぬため。

カティマは自身の王族としての立場を失ってもいい、そんな覚悟を持っていた。

「とりあえず急ぐニャ！」

見つかる可能性もあるし、早いうちにホワイトローズ駅へ。

人通りの少ない道を密かに駆けようとした二人。

しかし。

「お二人とも、どこへ行かれるのですか？」

城の裏手にある壁の上。

そこに腰を下ろし、海風に髪を靡《なび》かせた金髪のエルフ。

「ク、クリス⁉　どうしてここに居るのニャッ！」

「つい数十分前に目を覚ましました。色々と話を聞き、カティマ様が行動を起こすなら今だと思ったので、ここで待っていました」

何という想像力だろうか。けれど、クリスなら不思議ではない。

「クリスさん。お怪我《けが》の具合は大丈夫なんですか？」

「いいえ、すごく痛いです。今すぐにベッドに戻って眠りたいほどですが、我慢します」

答えた彼女の目元は赤く腫《は》れぼったい。

でも、痛みに涙を流したわけではないだろう。

きっと、アインの状況を耳にして心を痛めたのだ。

「こうしてる場合じゃないニャ！　いいかニャ、クリス！　私はクローネに王族令を発令して、今からイストに行くところなのニャッ！」

「……………カティマ様が仰った通りです」

「うむ！　魔王アーシェの魔石を兵器として使うため！　叡智ノ塔にある制御用の魔道具を取るためにニャッ！」

言えば絶対に止められる。

そう思ったカティマだったが。

「やっぱり。アイン様のためなんだと思っていました」

壁を飛び降りたクリスが次に言う言葉に呆気《あっけ》にとられた。

「私も連れて行ってください。でなければ、二人をここで拘束します」

月灯《つきあか》りに照らされたクリスは美しかった。

謁見《えっけん》の間にて、あの日。

アインが月の女神と表現した人間離れした端麗さはここに来て、更に凛《りん》として。

揺るがない瞳に宿った強さがカティマに向けられる。

「怪我人を連れて行けって言うのかニャ」

「確かに怪我を負っていますが、それでもお二人より強いです」

「そういう問題じゃないニャ……でも、連れて行かなかったら私たちを拘束するんニャろ？」

「はい。仮に王族令を使われても拘束します」

クリスはすべてを捨ててでもアインのことを助けたかった。

ここでカティマを止めないのも、その感情の表れだ。

「――――二人とも、急ぐニャ」

結果、カティマは心に決めた。

迷っている暇もない。一秒が惜しい。

駆け出したカティマを二人が追う。

「カティマ様！　王家専用水列車も王族令で動かすのですか！」

「当ったり前にゃ！　クリスは他に手段があると思ってるのかニャ⁉」

「あっ、ありませんっ！」

「そういうことなのニャッ！　使い潰《つぶ》すつもりで走らせて、すぐに王都に帰ってくるのが私たちの計画だニャ！」

つづけて、カティマは言う。

「ニャハハッ……ほんっとーにうちの女連中は逞《たくま》しいニャー」

三人で深夜の王都を駆け巡りながら。

言葉にはしなかったが、互いに確かな頼もしさを感じつつ。

古《いにしえ》の王に平伏せしは摩天楼の主

王族令というのは本当に便利なもので、特に今回のような場合にはその効力は計り知れない。瞬く間に発車の準備が整い、王都を発《た》つまで間もなくだった。

そこで、クローネが座る席の窓に近づいてきた者が居る。

「ミスティ様？」

ガラスの向こうに立っていたミスティを見てクローネは窓を開けた。

「貴女《あなた》に託した方がいいと思ったの」

そう言って、手のひらに乗る革袋を渡された。

中身を確認しようとすると。

「開けないでね。それはお守りみたいなものだから」

「お守り……」

「そう、お守りなの。――――その子も、貴女に託されるなら本望だろうから」

最後の方の声は聞こえなかった。

しかし、受け取ったクローネは大事そうに胸元にしまい込む。

何となくで、言葉にするのは難しい感情だった。

でも、どうしてかミスティのお守りという言葉を心の底から信じられた。

「私たちを止めに来たのではないのですね」

「ふふっ……私には貴女たちが何をしようとしてるのかは分からないわ。でもね、愛する人のために頑張ってるのは分かるの。どうかしら、私も一緒についていった方がいい？」

心の中では「はい」と答えていた。

だけど、駄目なのだ。

「アインの状態が急変したらって思ったら、ミスティ様たちには王都に居てほしいんです」

「………そう」

すぐにでも動けるようであってほしいという願いを告げたのだ。

「分かったわ。じゃあ、私とラムザはここで待ってる。アイン君に何かあったらすぐにでも止めに行くためにね」

汽笛の音が鳴る。平時と違い大きな音だ。

「さぁ……行ってらっしゃい」

見送るミスティの声に応《こた》え、クローネは窓を閉じた。

ほんの数秒で加速した王家専用水列車はみるみるうちに王都を離れ、あっという間に王都の外壁を通り抜け、魔法都市イストへの道に就く。

皆の想《おも》いを乗せ、アインという一人の少年を助けるために。

◇　◇　◇

この短期間で二度もイストに来るなんて思わなかった。

クローネとクリスは到着してすぐ、白んできた空を見上げてこう考えた。

王家専用水列車を降り、二人は叡智《えいち》ノ塔を見上げた。

特にクリスは思い出深い場所とあって、アインと共に忍び込んだ日のことを今でも鮮明に思い出せる。

「なーにぼさっとしてるのニャッ！　急ぐニャ！」

「あっ……はいっ！」

思い出に浸る時間ではない。

三人は視線の先にそびえ立つ塔に向けて駆け出した。

すでに魔力汚染も除染が進んでおり、恐れるに足りない。作業をする者の姿が見当たらないのも、きっとその影響なのだろう。

廃墟《はいきょ》と化したイストは、前に来たときと変わらず物悲しかった。


クリスの足が不意に止まったのは、それからすぐだ。

「ニャからクリス！　私たちは急がな――――」「待ってください。何かおかしいんです」「ニャ、ニャ？」

立ち止まったクリスは耳を澄まし、目を閉じて集中した。

傍《そば》に立つ二人は様子が分からなかったが、やがて、クリスがハッとした様子で目を見開いたのを見て、身構えた。

「何か来ますッ！　逃げましょうッ！」

「に、逃げましょうってどこになのニャ⁉」

「どこでも構いませんッ！　この一帯を離脱します！」

すると、危惧《きぐ》した異変が姿を現す。

建物の物陰から。隆起した地面から。気が付くと空にもおびただしい数の魔物たち。

すべての個体が三人を見ていた。

………どこに逃げればいいの。

逃げ道を探っていたところでカティマが言う。

「っ……仕方ないのニャ！　急いで叡智ノ塔に逃げ込むのニャッ！」

「カティマ様ッ⁉　でも魔物が――――ッ！」

「あそこの地下にはまだ安全装置が残ってるのニャッ！　私とクローネを守って水列車に戻るよか現実的ニャろッ⁉」

残された手段は本当にそれしかないのだろうか。

ただならぬ状況下にあり、時間も残されていない中。

クリスの迷いをクローネが断ち切る。

「行きましょう。クリスさん」

多くの魔物が迫りつつあるのに、この落ち着きはなんだろう。

でもよく見ると、唇が微《かす》かに震えていた。

クローネだって怖かったのだ。勿論《もちろん》、何もできずに王都に逃げ帰ることだって。

「ッ～怪我《けが》をしても知りませんからねッ！」

決心したクリスが迫りくる魔物を一体、切り伏せた。

次の攻撃が届く前に、叡智ノ塔を見上げて言う。

「走ってッ！　私が頑張って魔物を防ぎますッ！」

一斉に駆け出した三人を襲う魔物たち。

虫のような魔物に、爬虫類《はちゆうるい》のような魔物だって。獣に似た魔物も現れてきたことに、走りながらカティマは不思議に感じていた。

通常、この辺りに現れるはずのない魔物ばかりだったのだ。

魔力汚染による影響で、栄養の気配を察知して集まったのだろうか？

でも、答えは見つからず、この状況を打破すべく脚に全神経を集中させた。

息が切れる。肺が悲鳴をあげる。

しかし。

「ふっ……はぁッ！」

時折聞こえてくるクリスの奮闘の声に勇気づけられ、彼女はクローネと共に必死に駆けた。

「くぅっ……!?」

「クリス!?　どうしたのニャ!?」

「へ、平気、です……ッ！　ちょっと傷が開いただけですからッ！　二人は気にしないで走ってください ッ！」

――魔物の勢いは止まらず、数も増える一方。

それでも叡智ノ塔の入り口は徐々に近づいた。

叡智ノ塔の敷地内に足を踏み入れ、小さな扉を視界に収めて――――。

「急いでッ！」

クリスの必死の声に応じ、二人が先に扉の中へ。

つづけてクリスが中に入り扉を閉じると、城の宝物庫の扉に似た仕掛けが発動し、外とは隔絶された空間が出来上がる。

「はぁっ……はぁっ……あ、あははっ……何とかなりましたね……っ！」

着ていた服に血をにじませたクリスは二人が心配の声をあげるより先にジャケットを脱ぎ、シャツのボタンを外して柔肌《やわはだ》を晒《さら》した。

痛々しさの残る包帯を、更に強く巻き直した。

「私に任せてください」

「えっ、でも大丈夫ですよ？」

「いいから、私がちゃんと巻き直します」

クローネの応急処置は目を見張るものだった。騎士のクリスとて基本的な応急処置は身に着けているが、クローネのそれはそんな自分から見てもよくできていて、直された包帯がしっくりきた。

「これも使うニャ」

今度はカティマが小さな魔石を手渡した。

「お馴染《なじ》み、ヒールバードの魔石だニャ」

傷を治すまではいかないが、使うことでクリスの身体《からだ》から痛みが引いた。

クリスは礼を言うと服を整え、律儀にジャケットのボタンを留めた。

「この中に魔物が侵入することはあり得ないニャ。ま、上の方の崩れた箇所には入り込めると思うニャけど、地下には入り込めないから安心するニャ」

落ち着きを取り戻したクローネが思い出す。

「……水列車の方は大丈夫でしょうか」

「心配いらんニャ。私が緊急用の発煙筒をぶん投げてきたから、ついでに救助要請もばっちりなのニャ」

ふんす、と鼻息荒く言ったカティマに二人が気を休めた。

そしてカティマはおもむろに歩き出す。

この辺りはクリスにも覚えがある。アインと共に、グラーフの手を借りオーガスト商会の搬入物に紛れて侵入したときとよく似ている光景だったのだ。

鉄網の床に、足音がよく響く鉄製の階段。

以前、アインと共に来たときより上層部だが、見下ろすと液化魔石プールが鎮座していた。

「私が先導しますね」

クリスが二人の前を歩いて下層へ向かった。

あの日と違い、今日は忍び足になる必要はない。

でも、身体に負った傷のせいで自然と足取りは重かった。

「クリスさん。どうかご無理は……っ」

「あ、あははっ……今日ぐらいは無理させてください。アイン様のためなんですから」

「やれやれなのニャ。とりあえず倒れない程度に無理してくれニャ」

「それ、無理やりな計画を立てていたカティマ様が言います？」

「私は良いのニャ。私ほどの天才ケットシーの計画に間違いがあるはずがないからニャ！」

いつもながら、筋の通っていない理論であったが、笑えるだけ今は有用な理論だった。

「私とクローネさんは何をしていればいいでしょうか？」

「クローネは私の手伝いで、クリスは周囲の警戒ってところかニャ〜。一時間もあれば取り外せるし、大きさも大したもんじゃニャいしニャ。んで、地下の制御装置を取り外し次第、屋上にある対になった装置を取り外しに行くわけニャ」

「上層部へ行く際には私が二人をお守りしますが、極力、魔物に見つからないようにしないといけませんね」

「んむ！　問題はそれだけってことなのニャ！」

それを聞いた二人は頷《うなず》き、気を引き締めた。

魔物さえ居なければ楽に屋上まで行けたはずだが、誰《だれ》を恨むことも出来ない。


――――こうして。

何層にも重なる地下空間の階段を降りつづけ、遂《つい》に液化魔石プールの前に立った。

「そういや、アインはここで海流を使って動きを止めたんだったかニャ？」

「私も覚えてます。アインと一緒に無茶をなさったんですよね」

「………こ、こほん！　その件はまたいつかお話ししますね！　先に制御用の魔道具を取り外しちゃいましょう！」

「だニャ。さてさて……お、あれだニャ」

プールの端に置かれた階段の上、上層へ通じるパイプの下にそれはあった。

一見すれば宝石のようで、クリスなら両手に抱えて持ち運べそうな大きさだ。

それがパイプとパイプの間に挟まり、浮かんでいた。

「あんなのがあったんですね。アイン様と来たときはそれどころじゃなかったので、発見できてなかったみたいです」

「ふっふっふっ、あれこそ叡智ノ塔の中枢と言ってもいいニャ」

軽快な足取りで液化魔石プールの縁へと、階段を使って上って行く。

カティマは制御用の魔道具の前に立つと……。

「ここから先は細かい作業なのニャ」

いつの間にか顔から余裕を消し、硬い表情を浮かべていた。

「基本的に、私が話しかけたとき以外は話しかけないでほしいのニャ」

「カティマ様。カティマ様。今更そんなことを言われても、私とクローネさんは困惑してしまうわけですが……」

「え、ええ……。存じ上げなかったのですが、相応の危険が伴うのでしょうか？」

「いんや、大したことじゃないニャ」

その返事に安心したのもつかの間。

「せいぜい、凝固した液化魔石の力が暴走するぐらい……ニャニャニャッ⁉　それ、私たちも昇天しちゃうのニャ⁉」

ヒゲを伸ばし震わせて、力の抜ける声で言い放つ。

明らかに危険なのだから先に言ってほしかった。

クローネとクリスはカティマを咎《とが》めようとしたのだが今更であるし、きっとカティマは、ここに来るまで意図的に隠していた、とも思えた。

でなければ、確実に反対していただろうからだ。

すると、カティマが二人を見つめた。

「止めるなら今ニャ」

彼女はここにきて二人を案じたのだ。

「本当ニャら、二人には外で待っていてもらう予定だったのニャ。だけど、魔物が現れたせいで計画が変わったのニャ」

土壇場に来ての王女らしさを前にしても。

土壇場に来ての命懸けにも、二人は決して怯《ひる》まなかった。

「私はちょっと見回りをしてきますね」

「分かりました。私はカティマ様の傍に居るので、何かあったら呼んでください」

「ニャ、ニャニャニャッ⁉　二人は怖くないのかニャッ⁉」

「はいはい……何を言ってるんですか」

「ふふっ、本当にそうですね」

――この二人を侮るなかれ。

アインのため、命を賭《か》けることに迷いはない。

むしろ、何もできない方が怖いのだ。

「やれやれニャ……ほんっとーにやれやれなのニャ」

半ば呆《あき》れ、半ば勇気づけられたカティマが白衣の内側から工具を取り出した。

「ふっふっふっ！　王族令を出したのは私ニャけど、やっぱり王都に帰ったら、三人一緒に怒られてもらうことにしたのニャ」

僅《わず》かに残る緊張をほぐすために軽口を叩《たた》いて笑いを誘う。

その後、工具を握り作業を開始したカティマの手には、迷いのない力強さが宿っていた。

◇◇◇

十数分も過ぎた頃《ころ》、カティマは小休憩と言って床に腰を下ろした。

彼女は額に浮かんだ汗をクローネに拭《ぬぐ》ってもらい、上機嫌な顔で身体を休める。

「オズ教授が居れば、もっと楽だったんニャけどニャ〜……。とはいえ、危険なことに巻き込むのは憚《はばか》られるニャ」

「……カティマ様？　どうして急にオズ教授の話をしてるんです？」

「む、クリスは聞いてなかったのニャ？　オズ教授は戦争中にすぐ退院して、このイストに行くって王都を離れたのニャ」

「────そうだったんですか」

「思えば、昔はこのイストでもお世話になったニャー。最初は人工魔王の研究とかいう話を聞いて驚いたけど、今思えば興味深い話だったニャ」

「そうでしたね─……本当に懐かしくて────」

思い出せたのは偶然だった。

クリスは人工魔王という言葉を、つい最近耳にしたことを思い出したのだ。

「懐かし……くて……」

凝固した液化魔石を見ながら、うわ言のように呟《つぶや》いた。

『やっぱり……エドワード！　貴方は魔法都市イストで研究されていた人工魔王に……ッ！』

あのとき、自分でこう口にした。

『あの男も役に立つものです。あのお方と共に海を渡らなかったときは殺意を抱きましたが、これほどの研究成果ならば許さざるを得ません』

そして、エドワードがこう答え。

『やはり、イシュタリカにも貴様らの仲間が居たのだなッ！』

『仲間と言うのは少し違いますね。奴《やつ》は我らと共に行動をせず、奴自身の目的のために動いているようですから。……もっとも、その目的は知りませんが。っとと、落ち着いてください、私は逃げませんので』

彼はロイドとこんなやり取りを交わした。

どうしてだろうか、今になって気になってしまう。

人工魔王という言葉が出たから？　オズがイストに来ていると聞いたから？

クリスはひどく落ち着いた声でカティマに尋ねる。

「その……オズ教授はどちらに居るのでしょうか。このイストの惨状を思えば、魔物に襲われているのかもしれません」

「そ、そうだニャ！　言われてみれば危険なのニャ！」

クリスは案ずるような言葉を言いながら、もしもはない気がしていた。

別のことで、妙な点に気が付いてしまっていたから。

願わくば今すぐにでも確かめたい。

この想《おも》いに駆られながら、先刻現れた魔物の群れを思う。

………あれだって、仕組まれていたのなら。

「クリスさん？　どうかなさいましたか？」

「い、いえ、少し気になったことがあって……」

考えていると寒気がした。

………もしものことがあればアイン様の暴走を止めることも出来ないばかりか、ここに居る二人だってただじゃすまない。

冷や汗が全身に浮かぶ中、立ち上がったカティマが制御装置に向かった。

「追い込みをかけるとするかニャ」

頼もしく言い放ち、すぐに取り掛かる。

時間が経《た》つにつれ、宝石に似た本体が取り外されていく。

やがて慎重に取り外され、床に置いたところでカティマが眉《まゆ》をひそめた。

取り外しは安全に終えられたようなのに、どうして。

「先日の叡智《えいち》ノ塔の暴走ニャけど、あれは恐らく人為的だったのニャ」

彼女はそう言って制御装置の本体を指さした。

「最後の取り外し作業の最中、変な感じがしたのニャ。本来であれば繋《つな》がっていたはずの管が繋がってニャかったし、逆に変に組み替えられた痕跡《こんせき》があったのニャ」

「……赤狐《あかぎつね》ですか」

「んむ。私もクローネと同じ考えニャ」

今一度、クリスの脳裏をエドワードとのやり取りが掠《かす》める。

「屋上へは、私一人で行きます」

不可解な点がいくつもある。

きっかけはエドワードとのやり取りの中で、人工魔王の話を含めて色々と気になりだしたからだが、今となっては、叡智ノ塔の暴走もその疑いがあるとなれば、クリスの予想の信憑性《しんぴょうせい》も増す。

「屋上の装置はどうやって外せばいいのですか？」

「………繋がってる管を切るだけで十分ニャ。でも、少し様子を見た方がいいと思うのニャ」

「危険だから、ですか？」

「そうニャ。外に居る魔物だって、私たちを嵌《は》める罠《わな》としか思えないのニャ」

「私も実はそう考えていました。ですがカティマ様、様子を見たところで、好転する見込みはありますか？」

「むっ……」

「ないんです。アイン様を助けるために他の手段は残ってなくて、何としても屋上の装置も取り外して王都に帰らなきゃいけません」

「……クリスさん」

「大丈夫ですってば！　ちょっと行って、すぐに帰ってきますから！」

クリスは二人に背を向けて、意気揚々と歩き出した。

そしてパンッ！　と頬を叩いて目つきを変える。


「オズ教授――――貴方《あなた》は何が目的なんですか」

◇◇◇

昇降機は動いておらず、クリスはひたすら階段を駆け上がった。

途中、セージ子爵がワイバーンを用いて襲い掛かって来た階段に差し掛かり、修復済みの壁を見て微笑《ほほえ》んだり、当時の思い出を愛《め》でたりと心を温めた。

すぐに先日の暴走の余波で床が崩れ去ってできた、下まで見下ろせる穴を見て肝を冷やしたりもしたが。

「もうすぐ…………もうすぐだから」

鉛のように重くなった足を引きずって、更に駆け上がること数分。

屋上へつづく最後の階段に辿《たど》り着《つ》き、呼吸を整える。

………よし、行こう。

アインに捧《ささ》げた魔石に手を当て、彼の声を思い出していく。

崩壊した扉の先、屋上に広がる白みかけの空の下へ踏み込んだ。

空に近く強い風が髪をなぶる。

先日の暴走の際に波動を放った大穴の近く、まだ残されていた一本の柱に括《くく》り付けられた装置らしきものを視界に収め、足を進めたところへ届いたのは。

「───お手伝い致しましょうか？」

という、オズの声だった。

彼は少し離れたところに立っていて、白衣を靡《なび》かせながら微笑んでいた。

「お怪我《けが》はもうよろしいのですか？」

「おかげさまで、すぐに良くなりましたよ。陛下のお言葉もあり、私の治療にご尽力くださいましたので」

「……それは何よりです」

するとクリスはレイピアを抜き、オズに切っ先を向けた。

「何故《なぜ》、私に武器を向けるのですか」

「理由はお分かりのはずです」

「………………」

「私もついさっき、カティマ様の言葉で確信に至りました」

「よく分かりませんが、お聞かせ願えますか？　何か行き違いがあるようです。話せばご理解いただけることと思います」

微塵《みじん》も表情を崩さないことが一層不気味である。

クリスのような騎士に武器を構えられ、あまつさえ尋ね返してみせたのは普通じゃない。

「考えてみれば変だったんです。ウォーレン様が乗る船は私たちも聞かされていませんでした。ただ騎士によると、ウォーレン様がオズ教授をお呼びしたそうですね」

「はい。私は宰相閣下より助力の依頼を受け、秘密裏にあの船へ参ったのです」

「――――この塔の暴走の後、すぐにですか」

含みのある言い方に、オズの頬が一瞬だけ引《ひ》き攣《つ》った。

「オズ教授は何らかの目的があって、アイン様が邪魔だったんです。ついでに言うと、オズ教授はアイン様の力を恐れていた。だから叡智ノ塔を人為的に暴走させ、アイン様を王都から離したんです」

オズは言葉を失い黙りこくってしまう。

「だって、オズ教授はアイン様のお力をよくご存じですもんね」

「それは…………はい。以前イストにいらした際に聞きましたので」

「アイン様が孤児たちを助けたことも分かる貴方なら、アイン様ご自身が除染に足を運ぶだろうと予想できる。こうやってアイン様を王都から離れさせたんです。……ウォーレン様を狙《ねら》った理由はいくつか思い浮かびましたが、まだ確定ではありません」

そう言ってクリスは一呼吸置いた。

気が付くと、全身が強い緊張感に覆われている。相手は研究者然としたオズと言えど、赤狐であると思えば当然だった。

「後は、エドワードの言葉です」

「ッ…………!?」

「動揺しましたね。でも、口を滑らせたエドワードは悪びれてなかったですよ。彼は貴方に殺意を抱いたこともあるそうですからね。……あっ、このたびの戦争で手助けをされたそうですが、そのことにだけは感謝していました」

「…………」

クリスの論理に破綻《はたん》はないが、オズを赤狐と断定するには少し足りない。

彼がこの場に居て、魔物の襲来により被害をなんらこうむっていない事実を思うと間違いはなかったし、もとよりほぼ確定的だったわけだが……。

「そういえば」

念のため、鎌をかけることにした。

「貴方がシャノンとエドワードに渡したという黒い石ですが、あれは何を原料に造られたのでしょうか」

こう口にして、返事を待った。

「はぁ…………だから私は見限ったのですよ」

鎌をかけている。そう予想しなかったわけではない。

だがオズは、もはや惚《とぼ》けても意味をなさぬと悟り開き直った。

「あの男はプライドだけは高い。長《おさ》は直情的で、数百年前に抱いた復讐《ふくしゅう》のためだけにしか動けなかった。普段から行動を共にする利点が皆無なのですよ」

「……何を言っているのですか」

「ああいえ、お気になさらず。それで、あの黒い石のことですが、残念なことに私にも原料は分からないのです。……ん？　これでは語弊がありますね。原料自体は私が見つけたものに違いはありませんが、なんという魔物の素材かが分かっておりません。特異的な性質は見事でしたから、好きに使っているという感じですよ」

饒舌《じょうぜつ》に語り、眼鏡《めがね》の位置を直す。

靡く白衣を投げ捨てて、真っ白いシャツを留めていたボタンを一つ、二つと外した。

「オズ……貴方の目的はいったい」

彼はその問いかけに喜んだ。

おもちゃを与えられた子供のように嬉々《きき》として。

顔中を喜色に染め上げる。


「私は進化の果てが知りたいのですよッ！」

クリスが意味も分からず黙っていると。

「魔物は、異人種は――――そして魔王はッ！　存在し得る生物の中、進化という概念に影響を受ける生物の最終地点はどこなのかッ！　私はこれが知りたいだけなのですッ！」

「……だったら、どうしてウォーレン様を狙ったんですか」

「邪魔だったからに決まってましょう！　実は彼が赤狐ということも、私は最後になって知ったのですよ！　それまでは邪魔だっただけなのです！　彼が居ることで王太子殿下の進化を妨げられることは、火を見るよりも明らかでしたので……ッ」

「ッ……そんな目的のために、貴方はッ！」

「そんな目的？　愚かなことを言うものではありませんよ。あの王太子殿下ほどの研究材料《サンプル》は他に居ないッ！　素養はあの魔王アーシェをも凌駕《りょうが》するのですよッ⁉　ハイム王都に根を張った王太子殿下をご覧になるといいッ！　あれほど神々しく、研究意欲をそそる存在は他にありませんッ！」

オズは誇らしげに続ける。

「王太子殿下と会って、すぐに惚れ込んだのを覚えています。私が貴重な同族の魔石を渡したのもそのためですよ。おっと、そういえば、あの魔石にはとある仕掛けを施していたのですが――」

曰く、オズの合図で濃密な瘴気を放つ仕掛けが隠されていた。

その濃さは、あのレイフォンがバードランドで放っていた瘴気と同等のもので、あっという間に城を混沌の渦に叩き落せたはずだった。

「第一王女が保管していたはずですが、破壊でもされましたかね。まぁ、計画が順調な今は些細な問題です」

淡々と語られる話に耳を傾けていたクリスは更に激昂する。

「………許さない。貴方が引き起こした戦争のせいで、どれほどの人が死んだと思っているんですかッ⁉　そのせいで、アイン様だって――――ッ」

「何を仰《おっしゃ》いますか。引き起こしたのは我らの長ですよ」

オズは見当違いなことを言うなと一笑する。

「彼女は復讐に駆られていた。何にどうして復讐したいのか定かではありませんが、イシュタリカの何かにでしょうね。私は戦争そのものに関わってはおりませんので、よく分かりませんが」

彼は自分が元凶なのではないと強く否定した。

その顔はさっきにも増して上機嫌で、饒舌さも高まる一方だ。

身振り手振りも交え、仰々しく天を仰ぐ。

「私はそれを利用したまでですッ！　何故か長も王太子殿下を狙っていたのが、とてもとても都合が良かったのですッ！　だから私は久しぶりにあの男へ連絡を取り、力を貸したッ！　王太子殿下が本来の力を発揮できるようにッ！」

アインがシャノンの下に行けばいい。

彼女の影響を受け、魔王アーシェのように暴走するに至ればいい。

オズ自身が思い描いていたのはこれだけだ。

戦争に至り、その後のすべてをオズは利用しただけ。そのためだけにエドワードに研究成果である黒い石を渡し、戦争を激化させたのだ。

そこで、冷たく言い放った金髪のエルフが。

「――――オズ。貴方のせいで、私たちは大きく傷ついた」

ひと息の合間に姿を晦《くら》まし、彼の背後に現れる。

されど笑ってみせる摩天楼の主が。

「尊い犠牲に心は痛みますが、それだけです」

尚《なお》も平然と微笑を零《こぼ》す。

「オズ、貴方は異常です……ッ！」

たかが研究者一人。自分の敵ではない。

だから、何か考えがあってやってきたはず。クリスは気に掛けながらも、レイピアをオズの背中に突き立てた――――つもりだった。

それが不思議なことに、寸前で手足が動かなくなったのだ。

「この塔が出来上がったのはおよそ二百年前でした。当時、稀代《きたい》の天才と称された研究者が開発の大部分を担ったのですよ」

彼の声に耳を傾けながら、クリスは足と手先が真っ白な氷に覆われていることに気が付く。

まさか、魔法を？

これほどの魔法を一瞬で放ったとすれば驚愕《きょうがく》だ。

「言うまでもないかと思いますが、私のことです」

言い終えたオズの左右の手の甲に、見覚えのある黒い石が埋め込まれていた。

エドワードのそれと違ったのは黒の純度だ。

たとえるなら、漆黒に染まった金剛石《ダイヤモンド》である。

「ッ――――!?」

「これこそが完成品ですよ。海を渡った二人に渡した失敗作などではない、唯一のね。私はこれを使うことにより、王太子殿下を更に磨き上げたいのです」

凍《い》てつく氷が身体《からだ》を侵食していった。

身体を前に押し出せない。このことに舌打ちをしたクリスは急いで退《ひ》くと、手足を覆っていた氷を風魔法で砕いた。

白くきめ細やかな肌は凍傷に侵され、鈍い痛みに苛《さいな》まれる。

「断言しましょう。この塔に居る私に勝つことは不可能だ」

「…………試してみれば分かることです」

オズはその強がりを聞いて目元に手を当て、天を仰いで高笑い。

「アーッハッハッハッハァッ！　不可能なのですよォッ！　貴女が太古の魔物たちに敵《かな》うことがない限り、この私にレイピアが届くことはあり得ないのですッ！」

「オズッ！　いくら貴方が強化された魔法を使えたところで────ッ！」

「魔法？　残念ながら、どうも勘違いしているようです」

「馬鹿なことを！　魔法でなければ何だというのですかッ！」

「────そんなの、一つしかないでしょう」

愛《いと》おしそうに手の甲を撫《な》で、唇を動かす。

その口元からは確かに「スキルですよ」という声が風に乗った。

理解は追いつかなかった。

だがそこで、何もない宙に生み出された鱗粉《りんぷん》の風。

クリスの身体はふとした痺《しび》れに襲われ、手のひらに落ちた鱗粉を見て驚いた。

「どうして鴉蝶《からすちょう》の鱗粉が……？」

「これこそが、魔法ではなくスキルということの証明です」

つづけて、ドライアドの木の根が崩壊した大穴から何本も現れ、クリスを縛り付けようと襲い掛かった。

「……嘘《うそ》、でしょ」

クリスは躱《かわ》し、木の根を駆け上がりながらレイピアで切り裂くも。

オズは両手で砲筒を模し、指の先に火炎を蓄えていた。

それだけなら炎を扱う魔法とでも言えたのだが、火炎は仄《ほの》かに紫色に染まっていた。

あれは力のあるワイバーンのブレスによく似ている。

戦った経験のあるクリスはそれを悟り、自分の目を疑った。

真正面から受け止めるは愚策。

風魔法で身体を押し、宙に放たれたブレスを寸前で躱すも……僅《わず》かに柔肌《やわはだ》を掠《かす》ってしまう。

「火傷《やけど》は冷やすのが上策ですよ」

当たり前の情報を口にすると。

先ほどと同じ冷気がクリスの周囲にやってくる。

やがて、クリスを取り囲んだ氷の刃《やいば》。

……アイン様の氷龍と似ている？

氷の刃が一斉に襲い掛かる中、このことを考えながらもレイピアを振る。

「あっ……ぐぅ……ッ」

躱しきれず、捌《さば》ききれず、一本の刃が太ももを貫いた。

何とか宙へ脱して着地し、オズの「スキルですよ」という言葉を思い出す。

「その様子ですと、やっとご理解いただけたようですね」

どうなっているのか分からなかったが、オズが使っているのは確かに魔法じゃない。すべて、魔物と異人種が持つスキルであった。

ただでさえ満身創痍《まんしんそうい》であったのに、この状況。

クリスは首筋に伝う汗を拭《ぬぐ》い、息を整えながら理解に努めた。

「この石の素材は二つの性質を持っていました。一つは秘められた力を増長させるというものですが、もう一つは吸収という性質です。魔力をため込み、咀嚼《そしゃく》するかの如《ごと》く作用するのです。どういった魔物の素材なのか気になってたまりませんが、取り急ぎ、私の研究を優先しました」

「まさかオズ……貴方は……ッ」

「ふふっ……どうせ技術の粋を語ったところでご理解いただけないでしょうから、これだけお教えいたしましょう。私はその研究の末、この領域にたどり着いたのです」

「あり得ませんッ！」

「どうして言い切れますか。貴女が敬愛する王太子殿下だって出来ることです。……もっとも、私の研究成果は魔石を必要としない。骨でも体毛でも何でもいい。その魔物の性質などを私が理解できていれば、それをもとに調整することでスキルを使えるのです」

オズはアインの上位互換であると言い放つ。

確かに、魔石を必要とせずに魔物のスキルが得られるのなら上位互換だ。

言い返せないクリスを見て、彼は更に気をよくした。

「何百年も蓄積した魔物のデータにより、私が使えるスキルは軽く千を超えています。いかがですか？　これでも恐れるに足りないと？」

「ッ……千を超える？」

「ああ、その顔ですッ！　愉快ですねッ！　ふふっ、これほどの研究成果を前に落ち着こうとしていたのは、さすがの私も腹に据えかねていましたよッ！」

一度は驚いたものの、クリスの心はまだ折れていない。

「ただの研究者の貴方が多くの力を得たところで、子供に真剣を持たせるようなものです」

「ははっ……返す言葉もありません。が、貴女は純粋な強さに平伏するでしょう。私はあの氷原の王《ウパシカムイ》の力すら手にしたのです。言ったでしょう？　貴女が太古の魔物に勝てない限り、この私にも勝てないと」

口惜《くや》しいのは、傷が完治していなかったことだ。

オズは少なくとも、白兵戦においてエドワードには劣る。

神速はロイドに勝る踏み込みを見せるクリスとあって、平時であれば、今のオズにだって見劣りはしない。

「私はこの研究成果に名付けをしておりましてね」

カツン、と。

彼の足音が屋上に響く。

その研究成果の名は――――。

「――――『全能』」

その名に偽りも誇張もなし。

オズが魔物のデータと素材さえ用意すればその魔物のスキルを使えるのだから、何ら間違っていなかった。

「現状の課題は魔力の消費が激しいことですね。そのため、叡智《えいち》ノ塔に居なければ使えない代物なのです」

彼は間違いなく勝利を確信している。

クリスの消耗を事細かに把握しているようだし、残るは気力だけと知っていた。

「私はいずれ、暴走した王太子殿下の力も頂戴《ちょうだい》に参ります」

そっと口にして、消耗したクリスの手足を凍り付かせた。

今度はドライアドの木の根も重ね、徹底して身体の自由を奪う。

「私が願う、進化の果てを見るためにもね」

「そんなの……させません……ッ！」

「今の貴女に何ができますか。満身創痍のその身体で、全能の力を得たこの私を相手にどうやって勝利を収めるというのです」

「ッ………」

「すべて私の計画に沿って進んでいる。もう、できることはないのですよ」

オズが氷の刃を手に握り、一歩ずつ距離を詰めていく。

「人工魔王の研究を覚えていますか？　あれは核へ魔石の魔力を流し込むことにより、被験者の進化を促すものでした。今の私であれば…………しかも、この場所で流し込めば成功するとしか思えない」

「オズ……そんなことは絶対に……ッ！」

「絶対に、なんです？　これは貴女が許す許さないの問題ではない」

彼は拘束されたクリスの前に立つ。

凍傷で真《ま》っ赤《か》になった手足を見てほくそ笑む。身動《みじろ》ぎをするも、残された力では逃れられない事実に打ちひしがれている彼女の顔を見て、尚《なお》も笑った。

「王太子殿下の魔石を抜き取り次第、この塔へ運びます。適当な異人種の核を繋《つな》ぎ、私の力を駆使して魔力を流し込めばいい」

彼はクリスが取りに来た制御装置の片割れを見て口にした。

これこそが塔の存在意義である。

オズがここまで秘めてきた、本当の目的だ。

「あれで王太子殿下の魔石を制御する予定なのですよ」

それは、常識の範疇《はんちゅう》にない研究によるものだ。

「魔石というものは、拒否反応がなく繋げられた核さえあれば、魔力を流すと生前と同じく動作致します。問題は肉体がないことですが――――しかし」

彼は誇らしそうに。

「魔石と核に十分な量の魔力を流し込むことにより、臨界に似た現象が発生します。核に充満した過剰な魔力は半永久的に肉体を組成しはじめ、人と同じく生命活動を再開できるのです」

曰《いわ》く。

「人工魔王の研究では核が魔石の魔力に耐えられず、悲しい終わりを迎えました。しかし、今の私の力《全能》さえあれば、十分な管理ができましょう。……それはたとえ、王太子殿下の力が相手であろうともです。こうなれば、後は進化の果てを楽しみに待つだけなのですよ」

楽しげに語る彼は、氷の刃で彼女の豊かな胸元を狙《ねら》いすました。

「クリスティーナ殿。貴女の魔石の力はすべて王太子殿下の魔石へ流し込んでさしあげます」

だから悔いることなく、生命活動を停止しなさい、と。

構えられた氷の刃がクリスの柔肌へ近づく。

きゅっ、と目を閉じた彼女だったが、いつになっても身体が貫かれる気配がしない。

…………どうして？

恐る恐る目を開けようとしたところで。

「クリスさんを放しなさいッ！」

下に通じる階段の方から、クローネの声が聞こえたのだ。

「おや……珍しいお客様ですね」

クローネは隠していたが、身体が震えていた。

戦えない彼女は隠れているべきだったのかもしれない。

けれど、絶体絶命のクリスを前にそれは出来なかった。

「離れなさい……オズッ！」

ふと、二人の間に投げ込まれた一つの革袋。

ミスティにお守りと言われて渡されていたそれはオズの面前に届くや否や、紫色の魔力を放って彼を怯《ひる》ませた。

「なっ……この魔力はまさか……ッ!?」

「クリスさんッ！」

駆け寄るクローネ。

一方で、クリスの胸を貫こうとしたままのオズだったが。

「私の身体に押し寄せる重さも間違いない――――くっ、仕方ありませんね……ッ！」

彼は目的を変え、クリスの身体を足蹴《あしげ》にした。

後ろは大穴。

波動により破壊された大穴は、最下層の液化魔石プールまでパイプで通じている。

「塔の底で朽ち果てなさいッ！」

拘束が解けたばかりのクリスに余力は残されておらず、穴の縁に手をかけるだけの力だって残っていなかった。

身体《からだ》は宙に浮き、重力に逆らわず落下していく。

「ダメ……クリスさんッ！」

駆け寄ったクローネが縁に身体を乗り出し、手をつかみ取った。

……だが、クローネの力では支えるにも頼りない。

「あっ……くぅぅ……ッ！」

「手を放して！　このままではクローネさんもッ！」

「嫌です！　一緒に……二人でアインを助けに行くんですからッ！」

手元が震えている。これではあと少ししか持たない。

何とかして手を放せないものかと思ったクリスだったが、クローネの必死さが満身創痍のクリスに勝る。

それでも助けられる気配はなく、逆にオズが迫ってくる。

「だったらご一緒すればよいでしょうッ！」

オズはクローネの背に氷の刃を横薙《よこな》ぎ一閃《いっせん》。

つづけて足蹴にして、二人の身体を大穴へ放り込んだのだ。

そこで、最後にクリスがレイピアを放る。

「アアアァァアッ!?　わ、私の腕が……ッ!?」

やはり戦いに慣れていないオズである。

放り投げられたレイピアが片腕を切断して、その腕は宙を舞い、大穴へと落下していく。

この際、オズは痛みに慌てて足元にあった革袋を蹴《け》り飛ばしたのだ。

それは落下の最中にある二人の間にまで届き、互いの手が自然と革袋を握り締める。

……………守れなかった。

自分の力が足りなかったことで、助けに来たクローネまで死に直面している。

クリスは涙を浮かべ、クローネから顔を逸《そ》らしてしまう。

でも、クローネはそんなクリスを抱きしめて、手に出来た凍傷を労《いたわ》った。

「………カティマ様に無茶を言って来たんですが、私じゃ…………ダメでしたね」

背中の傷はクリスに隠していた。

痛くて、出血のせいで視界もおぼろげだ。

されど気丈に、いつもの笑みをクリスに向ける。

もう意味なんてない。

このまま最下層まで落ちれば死ぬだけなのに。


『――――大丈夫』


何処《どこ》からだろう、声がした気がした。

クリスの声でなければ、クローネの声でもない。

二人はそっと周囲を見るが、周りは金属のパイプが広がるだけ。

声なんて聞こえるはずがなかったのに……。

「クリスさん？　……クリスさんッ！」

限界がきてしまったクリスは瞼《まぶた》が重く、瞳《ひとみ》を閉じてしまう。

全身から力が抜けて、開いた傷口から鮮血が舞った。

それを見たクローネは少しでも血を止めるべくクリスの身体を強く抱きしめる。

「…………お願い」

助けて。

誰《だれ》でもいい。自分たちを助けてくれるなら誰だってかまわない。


『――うん』


風切り音だけが耳を刺す中、その声だけは鮮明に聞こえた。

優しそうな、少女の声だった。

「誰が私たちに声を……」

治まらぬ痛みと出血で、クローネも気を失いつつあった。瞼が重く、先ほどのクリスのように瞳を閉じていく。

意識を手放すその直前まで、抱きしめたクリスのことを考えていたクローネ。

彼女はクリスと重なった手に握られた革袋から光が放たれていたことに気が付かず、いつの間にか落下速度が落ち、緩やかな浮遊をしていたことにも気が付かなかった。


『――私が助けてあげる』


声は革袋の中から響き渡った。

クローネもその声を聞いて意識を失ってしまい、辺りの様子が変貌していく様子を目の当たりにすることが出来なかった。

叡智ノ塔が、魔法都市イストの空が。すべてが染まった姿はまるで、紫水晶。

最下層の液化魔石プールが魔力の波動を発し、眩《まばゆ》い光が二人を包み込む。その光は穏やかに屋上へ浮上して、気を失った二人を暖かな風のヴェールが覆った。

「なっ――――どうして塔の魔力が……⁉」

驚きに顔を染めたオズが慌てふためき、大穴から漏れだした魔力の波動を見つめていた。

戻った二人は宙に浮き、身体にあった傷も完治している。

「馬鹿な……まさかッ！」

紫電が辺りに飛び交った。

濃厚な魔力は溺《おぼ》れてしまいそうなほど。

……猛然と叡智ノ塔を揺らし、オズの古い記憶を呼び覚ます。

昔、魔王城にてその威を露《あらわ》にしたある少女のことを。

「あり得ない！　彼女が復活するなんて――――ッ！」

いや、あり得た。

切断されたオズの腕の先、手の甲についた黒い石が外れ宙に浮く。

それが革袋から漂う魔力を吸収し、屋上に置かれた制御装置の片割れがそれを制御した。

――――自分で言ったんじゃないか。

この塔の力を用い、アインの魔石を制御する予定だったと。

「私が用意したものがあろうと、核がなければ復活なんて――――はっ⁉　まさか私の完成品が、あの素材が魔物の核だったというのですかッ⁉　興味深い…………実に興味深いッ！」

呟《つぶや》いているうちに革袋が魔力の波に切り裂かれ、中に収められていた魔石が姿を現す。

「これでは研究し直しではありませんかッ！　異人種の核でなく、特定の魔物の核で代用が可能ということならば……くうぅぅ……気になる。気になって仕方ありませんッ！」

宙に浮かんだ黒い石に流れていく魔力。そして、それを制御する装置。あの黒い石が何らかの生物の核であるとして、忘れてはならないのが革袋から現れた魔石だ。

オズの理論で肉体の組成に必要な条件が、それが揃《そろ》った。

しかし、想定外も想定外。

何故《なぜ》なら、オズは黒い石がどのような魔物の素材であるかはおろか、その部位すら把握していなかったからだ。

故に、これは偶然にも条件が合わさった奇跡だった。

『…………』

怯《おび》え、でも知識欲に溺れたオズが騒ぎ立てるその近くで。

魔力の波動の中で、二人の身体の前に作り出されていく小さな少女の身体。

液化魔石プールにあったすべてのエネルギーが少女の身体に吸い込まれていくが、あれは黒い石によるものではない。足りない魔力を補うための食事だ。

勿論《もちろん》、比例して叡智《えいち》ノ塔の魔力が枯渇に近づく。

同時に肉の器が作り出されていき――――。


少女が遂に、開眼。

「ッ……⁉」

オズの核が、魔石が大きく鼓動した。

膝《ひざ》が自然と崩れ落ち、気が付けば平伏の姿勢である。

目と目が合うだけで呼吸が乱れ、言葉を失った。

けれど、少女はそんなオズから顔を背ける。

『………きれいな人は死んだらダメなんだよ』

少女は腕を掲げ、二人の身体に触れず動かして、床に寝かせた。

魔力の波動が収まると共に、少女はその姿を明らかにする。カティマより若干背は高いが十分小柄で、ほっそりとした身体付きをしていた。全身を覆うゴシック調のドレスの上からは、絹糸を思わせる艶《つや》やかな銀髪が腰まで伸びていた。

面持ちは儚《はかな》げであり、庇《ひ》護《ご》欲をそそる可憐《かれん》さを漂わせる。

されど、押し寄せる圧はまさに魔王。


「――――うん。私、復活」


白みかけていた空は一様に紫に染まり、遥《はる》か彼方の空までも侵食していた。

声と裏腹に押し寄せる覇気を前にして、オズは迎撃の構えを見せた。

「魔王――――アーシェッ！」

しかし、叡智ノ塔に残されていたはずの膨大な魔力はすでに彼女の身体に吸い取られ、ごく僅《わず》かしか残されていない。

これでは、オズが数分程度しか戦えないぐらいの量だ。

「問題はありません……今の私であれば貴女にだって劣らない」

全能と名付けた力さえあれば。

黒い石が一つ欠けていようとも……ッ。

「その力ッ！　その魔力ッ！　すべて私が貰《もら》い受《う》けましょうッ！」

蓄積されたデータのすべてを駆使し、スキルを放つ。

クリスに放ったどれとも違う、魔力を惜しみなく使った攻撃であった。

数多《あまた》の魔物のスキルが生み出す光景は圧巻。

だが、それだけだ。


「君はジェイルより強いの？」


それがすべて、ほんの一瞬で雲散するなんて考えたこともない。

でも、アーシェは特別な行動をとっていなかった。

ただ単に迫る脅威────いや、彼女にとってみれば脅威ではないだろうが、すべてのスキルを前にしてしたことと言えば「……ふぅ」と、息を吐いただけである。

「と、吐息で私の力を……全能をッ⁉　こんな馬鹿げた話があっていいものかッ！　私の数百年がただの吐息に劣っただとッ⁉　夢でも見てるというのか……ッ⁉」

「……ん、夢が好きなの？」

アーシェが片腕を伸ばし、拳《こぶし》を作る。

すると、オズの首が魔力で作られた手に締め上げられ、身体は宙に浮かんだ。

「かはっ……な、何を……ッ」

「夢が好きなら見せてあげる。……私、それだけは大得意なんだ」

視界が霞《かす》んでいく。真っ暗闇《くらやみ》に包まれていく。

代わりに、数多の瞳がギョロッと輝いて自分を見ていた。また老若男女、多くの笑い声が上下左右、どこからともなく聞こえてきた。

背筋が冷え切るほどの不気味さは形容し難くて、怯えることしか出来やしない。

――――そして、最後には。

「はっ……はっ？　どうして私の胸に刃が……？　変だ。どうして私は自分で自分を貫いているのですか……？」

氷の刃で、無意識のうちに身体《からだ》を貫いていた。

胸元と口からほとばしる血潮に驚き、はっきりとした意識が戻ってきた。

「怖い夢を見たら目が覚めるのと同じだよ」

「やめっ……やめ……ろ……ッ！」

「悪夢だって夢なんだよ。おんなじ夢だから、心配しないで」

はっきりとした意識が沈んでいく。

また、さっきと同じように。

「やめろぉぉぉぉぉおおおおおおおおおおおおおおッ！」

最期の声は空にまで響き渡ったが、今一度、その身体を自分で貫くときの音だけは物悲しく静かなものだった。

オズが最期に見たもの、それは彼自身にしか分からない。

抗《あらが》いきれぬ恐怖を前に自刃するほどの悪夢であった、この末路だけが残されたのだ。

「…………知らない場所」

アーシェは倒れた二人の様子を窺《うかが》いながら、辺りの様子も窺った。

彼女が生きていた当時はこれほど巨大な建造物はなかった。景色《けしき》は壮観だが、見知らぬ土地に一人で立つというのは心細かった。

だが、そこへ聞こえてくる慌てた様子の足音。

「はぁ……はぁ……っ！　二人とも！　無事か――ニャニャニャッ⁉」

やってきたカティマは屋上の惨状に驚き、アーシェを見てまた驚いた。

自刃したように見えるオズの前に立つアーシェは恐らく敵ではない。彼女の逸話と真実を思うと殊更であった。

問題はと言えば、倒れているクローネとクリスだろう。

一方でアーシェは二人に駆け寄るカティマを見て思いつき、口を開く。

「ここはどこ？」

彼女は迷い子のように切なそうな声で言い、白衣を風に靡《なび》かせるカティマを驚かせた。

王族たちと

昼下がりの王都キングスランド。

港に集まったイシュタリカの大艦隊は壮観であったが、一様に緊張感に包まれていた。

何故《なぜ》かと言うと、王都に近づく脅威ゆえである。

「一番大きい船《リヴァイアサン》がこっちに来たのを知って、一番栄養がありそうだからこちらに根を張って来たんでしょうね」

ハイムへ向かう海上には、ところどころ木の根が伸びて近づいていた。

「あれほど遠くの国からここまで……」

驚きに目を見開いたロイドはリヴァイアサンの甲板に立ち、各戦艦への指示に取り掛かる。

「皆、一斉に砲撃をせよ！　アレは…………忌まわしきハイムが放った脅威である！」

胸が痛かった。

アインをハイムが放った脅威と口にした自分こそ忌々しい。

だが、止めなければならないのだ。

「大丈夫よ。一斉に攻撃を仕掛けたところで、今のアイン君からしたらかすり傷みたいなものだから」

「では、木の根を止めることは不可能だと？」

「いいえ、止めるために私とラムザが居るのよ」

何よりも頼もしきはこの二人であった。

恐れるに足らずとは言えないが、彼女曰《いわ》く、木の根の進行は必ず止まるそうだ。

だが、時間がないとも添えていた。アインの暴走を止めるには、彼自身が生長をする時間を一秒たりとも与えたくないからである。

……………このままじゃ、駄目になる。

……………アイン君の暴走を止めることすらできなくなる。

動くなら今、木の根の進行を止めてすぐでなければ間に合わない。

イストに向かったカティマたちを待つことは難しい。

これを悟って、杖《つえ》を握る手が震えてしまった。

「ッ――――ミスティ様！」

ふと、大きな声をあげたロイド。

視線の先では、木の根が巨大に生長を遂げ、すべての戦艦を包み込み、沈ませんと猛威を振るおうとしていたところである。

――――ミスティが杖を構え、ラムザが大剣で薙《な》ぎ払《はら》おうとした。

そこへ、二人にも想定外の事態が起こったのだ。

空が、海が。

世界が揺れて、一人の少女がトンッ、とリヴァイアサンに降り立ったのである。

「私がやる」

ミスティもラムザもその声に覚えがあった。

生前の彼女であっても、暴走以前に遡《さかのぼ》らなければ聞けなかった声である。

声の主は片手をかざすや否や。

「もうちょっとだけ寝てて。すぐに私たちが助けに行くから」

優しげな声の後、空から降り注いだ紫電の光芒《こうぼう》。

王族専用艦の主砲を束ねようとも敵《かな》わぬ、すべてを凌駕《りょうが》する力の奔流であった。

◇◇◇

ホワイトナイト城、謁見《えっけん》の間にて。

一足先に戻っていたカティマはシルヴァードに厳しく折檻《せっかん》されるより前に、叡智ノ塔で何があったのか説明を求められていた。

彼女は事の次第を話し、まだ目を覚まさぬ二人の容態は安定してると告げたところだ。

そこへ戦艦から戻ってきた者たちからも話を聞き、驚いたのもつかの間。すぐにでもアインの暴走を止めに行く、とミスティが告げたのである。

「この子たちに罰は与えないで。すべて私が頼んだことなのよ」

「余には理解できぬ。何故、ミスティ様が頼むのだ？」

「アーシェが復活できるかもって思っていたからよ。可能性は低かったけど、もしかしたら……って思ってね。例の研究者が赤狐《あかぎつね》だったことも想定内だったわ」

彼女はそう言い、カティマに目配せをした。

嘘《うそ》だ。いくらミスティと言えども、どちらも予想していなかった。

すべてカティマたちを庇《かば》うためのものであることは明白だったが、シルヴァードとしても、初代国王ジェイルの母の言葉に異を唱えることは出来ず、追及することを止《や》めてしまう。

「もう、余は何を言われても驚けん」

近頃は多くのことがあり過ぎたから、オズが赤狐だったと言われても思いのほか驚けなかったのだ。

「怪我《けが》をした二人のことも心配しないでいいわ。重傷だったエルフの娘も、ジェイル君とラビオラさんの血を引いているからすぐに目を覚ますはずよ」

「ニャ……ニャニャニャ……?」

すると、カティマが首を傾《かし》げる。

「ミスティ様の言葉はまるで、クリスが王族みたいな感じがするのニャ」

「あら、お利口さんね。その通りよ」

「――――ニャニャァアアッ!?」

ヴェルンシュタイン家が初代国王の血を引いている事実を知るのは、この場においてシルヴァードだけだった。

戦艦から戻っていたロイドも初耳だし、この場に同席していないラルアも聞いていない。

唐突に告げられた情報に、衝撃を覚えないはずがなかった。

「私から教えてあげてもいいのだけれど、知っての通り時間がないの。後でゆっくり、皆が揃《そろ》ってるときに貴女《あなた》のお父様から聞いてごらんなさい」

「ニャ……分かりましたですニャ……」

衝撃の事実をあっさりと流したミスティと違い、シルヴァードは急にその情報を言わないでほしかった、と頭を抱えている。

いずれ、皆に伝えなければならなかったことではあるのだが……。

「教えるのはすべてが終わってからだぞ、カティマ」

シルヴァードにも余裕がない。

「ロイド、お主もだ。言うまでもないが他言は無用である」

「…………はっ！」

その近くで、魔王の名を冠する割に緩い態度のアーシェが口を開く。

「ねぇ、ラムザお兄ちゃん。本当に泳いできたの？」

アーシェが唐突に口を開き、気の抜ける声色で尋ねていた。

「そうだぞ。途中ででかい魚に幻想の手を刺して言うことを聞かせてな」

「鬼畜」

「ほんと酷《ひど》いことするのね、あなたったら」

「……理不尽だ」

魔王陣営の三人の雰囲気はとても穏やかだ。久しぶりの再会を祝ってるのかもしれないが、彼らから緊張した様子は見受けられない。この光景を見ていたシルヴァードたちですら、徐々に気分を落ち着かせてしまう。

「アーシェ陛下、よろしいだろうか」

「ん。陛下って呼ばれるのは好きじゃない」

「ではアーシェ様と。余ははかりかねているのだ。アーシェ様は昔、嫉妬《しっと》の夢魔と恐れられた魔王であらせられるが」

「…………ん」

「どうして今は正常を保てているのか、余に教えてほしい」

国王として、国の頂点に立つ者として。

恐れ多くもあったし、尋ねることに恐怖が皆無だったとも言えない。

だが、これまでのアインの報告と、つい先ほど、王都を守ってくれたという事実を信じ、最後の確認ということで口にした。

「……そんなの簡単だよ」

よいしょ、と声に出してアーシェがシルヴァードの面前へ行き、背を向けボタンを外した。

「ほら、これのおかげだから」

さらけ出されたアーシェの背中には、深く抉《えぐ》られたような、それでいて大きく刻まれた切り傷の跡が残っていた。

これにはミスティとラムザも驚き、真剣な瞳《ひとみ》でそれを見つめた。

「ジェイルが私を殺してくれたときの傷跡だよ」

一度死したことで、当時抱いていたドロッとした黒い感情は一切残っていないそうだ。

「あの子、最後まで優しかったんだよ。私の魔石を壊さないように、核と魔石の間だけを切り裂いたんだもん」

どれほどの物語があったのか。

それを知るのは、当事者のアーシェとジェイルのみとなる。

シルヴァードは今、面前の少女が儚《はかな》く微笑《ほほえ》む姿に胸を打たれた。

また、自分と同じ王としての自覚を感じ取ったのだ。


「――――だから、今度は私が止めてあげるんだよ」


最後に語ったアーシェの表情は精悍《せいかん》だった。

紫色に瞳を輝かせると、身体《からだ》中に迸《ほとばし》る力が周囲の者を圧倒した。

世界最強の戦士を名乗るラムザですら、このアーシェの様子には息を呑《の》み、彼女が抱いた強い覚悟と想《おも》いに気が付いた。

「あの女に暴走させられたっていっても、大戦を引き起こしたのは私のせいだって分かってる。謝ってすむことじゃないけど……」

鷹揚《おうよう》に語るアーシェが真摯《しんし》な声色で言う。

「全部全部終わったら私はどんな罰でも受けるし、できる限りの償いをする」

だから、その時まで待っていてほしい。

彼女はそう言って、背中に残る傷跡を隠した。

◇　◇　◇

最初に、クローネが目を覚ました。

目を覚ましたのは夕方で、城内が慌ただしく動いていた頃《ころ》である。

気を失っていたから分からなかったが、どうやら、自分は助かったようだ。クリスも同じく助かっていると聞いて喜んだものの、状況が分からない。

そんなクローネに多くを教えたのは、出発前に彼女の部屋に寄ったミスティである。

「ついでに、ちょっと話し相手になってもらおうかしら」

「構いませ――――ミスティ様？　随分と近いようですが……」

ミスティはベッドの上で身体を起こしたクローネの隣に腰を下ろした。

「この方が、しっかり貴女のことを見ることができるもの」

「……分かりました。それで、カティマ様とクリスさんはどうしているのでしょうか」

「ケットシーの子なら地下の研究室よ。エルフの子は自分のお部屋に居るみたい。あの子もちゃんと休んでいれば、すぐに目を覚ますから安心して」

「良かった……」

ほっと胸を撫《な》で下《お》ろしたのもつかの間。

ミスティから聞いていたことを思い出す。

「ヴェルンシュタイン家が初代陛下の血を継いでいる、というのは本当なのですか？」

「ええ、本当よ」

簡潔な返事が分かりやすくて好ましかった。

クローネは息を吐き、天井を見上げる。

イシュタリカ王家の秘密にはじまり、魔王アーシェの復活に、ヴェルンシュタインの血。立てつづけに色々なことが起こりすぎた。

「驚きましたが、不思議なことにしっくりきている自分も居ます。クリスさんが王族の一員だったって考えても、あまり違和感がないんです」

本当に理由は分からなかったけど、こう思えた。

ただその中でも、アインのことを一番に想ってしまうのがクローネらしい。

「もう一つお聞かせください。状況は変わりましたか？」

ミスティが「このままなら」と口にしていた件である。

イストに行った目的はアインの暴走を止めるため、戦力となる魔石砲の強化のため、制御装置を取り外しに行くためであった。

だが、アーシェが復活を遂げたことで状況が変わっている。

「――――アーシェが帰って来てくれたのは幸運だったわ。おかげで別の手段をとれるのよ」

「それって――――ッ！」

「言うまでもなく、アーシェ本人が居てくれた方が戦力になるわ」

希望に喜色を湛《たた》えたクローネが瞳に力強さを滲《にじ》ませた。

「ふふっ、本当にアイン君のことが好きなのね」

微笑みかけられたクローネが言う。

「いいえ、好きではありません」

「あ、あら……？」

今度はミスティが困惑した様子を見せ、対照的にクローネの心に余裕が生まれた。

「私はアインを愛しているんです。好きという言葉で表現できないぐらい、アインのことしか見えないんです」

面と向かって言ってやった。

自らが募らせ、育んできた想いを。

初代国王の母に向けて、強く。

「――――やっぱり、貴女はそうなのかもしれないわね」

そう、という言葉の意味は分からなかった。

クローネが疑問符を浮かべていると、ミスティがローブの懐を漁《あさ》る。

そして取り出したるは、また革袋だ。

「新しいお守りよ。コレはここに来る前にアイン君の部屋で――――っとと、何でもないわ」

「アインの部屋、と聞こえたのですが」

「ううん、何でもないの。気にしないでいいわ」

どうせ追及しても答えやしない。

クローネは諦《あきら》めて、新しいお守りと言われた革袋を見た。

イストに行く前に受け取ったのはアーシェの魔石だったたし、これを鑑みるならば、この革袋にあるのも魔石だろうか？

「不思議です。アーシェ様の魔石を持っても魔力に侵されなかったのは何故《なぜ》なのですか？」

「この革袋は私が作ったものだし、私が魔法を使っておいたからよ。クローネさんが手にしても大丈夫だったのは、それが理由ね」

通常、力ある魔石には相応の封印や台座が必要なのだが。

「ミスティ様のお手製でしたら、そういうものなのでしょうね」

「そういうことよ。さぁ、クローネさん。目を閉じて」

恐らく、革袋から魔石を取り出して何かするのだろう。

不安そうにしたクローネだったが、ミスティが言う。

「少し確かめたいだけなの。目を閉じて両手で器を作って、そのまま少しだけ時間をちょうだい」

ミスティが何を確かめたいのか気になるが、この後アインを助けてもらう手前、彼女の機嫌を損ねるようなこともしたくない。それに、今更、自分を害するとも思えなかった。だから、クローネは素直にその指示に従った。

「じっとしていてね」

目を閉じたクローネには見えなかったが、革袋から取り出されたのは予想通り魔石である。

ミスティはそれをクローネが作った手の器に置き、様子を見た。

窓から差し込む橙色《だいだいいろ》の陽光が、淡い蒼色の魔石に反射した。

「魔石のようですが、どうして私の手に？」

「秘密。絶対に目を開けたら駄目よ」

ミスティはクローネの顔と手のひらを注意深く観察した。

時折、眉間《みけん》に皺《しわ》を寄せて考え込む様子を見せたが、目を固く閉じたクローネには分からない。

「気分はどう？」

「どんな魔石を乗せられたのか、それが気になっているぐらいです」

「それだけ？　気持ち悪かったり、身体が重くはない？」

「……少しもありません」

問いの真意は分からないが、クローネは真面目《まじめ》に答えた。

「ありがとう。もう目を開けていいわよ」

言葉だけを見れば重苦しいが、最後のミスティは満面の笑みに加え、これ以上ないほど上機嫌な声で語りかけた。

つづけて、クローネの手のひらに置いたものを革袋に保存し直し、彼女の懐にしまい込む。

「これはクローネさんが持っているべき魔石なの。だけどみだりに出しては駄目よ。あくまでもお守りだから、じっと懐にしまっておいて」

「ま、待ってくださいっ！　どういう意味なのですか⁉」

「ふふっ、それも秘密」

ミスティはそう言って立ち上がり、扉の方へ向かっていた。

振り返ることなく、雅《みやび》やかな所作のままに手をかけ、背中に届くクローネの声に応《こた》えることなく部屋を後にした。

「おまたせ」

部屋の外に居たラムザに話しかける。

「私が魔法を使っていいない魔石を手に持ってもらったけど、何とも。クローネさんは少しも違和感を覚えなかったみたい」

「――――そうか」

ミスティはラムザの声を聞き、何も言わずに頷《うなず》き返した。

エピローグ

なんてことのない話に花を咲かせていた二人は、王都にある港の一角に居て、そこに置かれていた木箱に腰を下ろしていた。

暖かな潮風と、大通りの喧騒《けんそう》が僅《わず》かに届く静かな場所で。

クローネはアインの横顔を眺め、幸せそうに頬を綻《ほころ》ばせていた。

「絶対にカティマさんのせいだと思うんだよね……」

彼は途中、出店に寄って買ってきたパンを食べながらそう言った。

少し不満そうな顔を見て、クローネは仕方なさそうに言う。

「アインだって一緒に悪戯《いたずら》をしてたんでしょ？　私、マーサさんから聞いてるんだからね」

「――――話は変わるけど、このパン美味《おい》しいよ」

「ええ、私もそう思うわ。それで、アインもカティマ様と共謀なさってたのよね？」

「誤魔化《ごまか》せないか……。確かに一緒にやってたけど、巧妙な罠《わな》のせいで巻き込まれたというか……何というか……」

諦めきれないアインが木箱の上で足を組み替える。

実は二人で同じ木箱に座っていたとあって、軽く動くだけでも身体が擦れてしまう。

二人の腰はほとんど密着するほど近く、互いの顔もよく見えた。

……太もも上で頬杖《ほおづえ》を突いたアインは遠くの海を眺め、諦めた様子で口を閉じてしまった。

「ふふっ。拗《す》ねちゃった」

クローネはそれが面白くて、木箱の縁からぶら下がる両足を揺らす。

上半身をくの字にして姿勢を低くすると、アインの横顔を見上げて朗笑した。

「ねぇねぇ」

「…………んー、なにー？」

「ちゃんと、アインは悪くないんです、って口添えするから心配しないで」

「ッ――――いいの⁉」

ハッとして横を向いたアインがクローネを見て言った。

「からかっちゃってごめんなさい。実はちゃんと様子を見ていたから、アインが巻き込まれただけなのは知っていたの。結果的に乗り気だったのは見逃してあげる」

「あ、あれ……？　じゃあ、こうして城から逃げて来る必要はなかったんじゃ……？」

「そうね。すれ違った私の手を取って、一緒に逃げる必要はなかったわよ」

最近は二人とも忙しくて、働き詰めだったからクローネはこうした時間を欲していた。だから、切羽詰まった様子の彼と共に城を脱し、港に逃げて来ていたのだ。

勿論《もちろん》、予定は確認済みである。

互いに午後からは暇なのだと知っていたから、咄嗟《とっさ》の判断で口を噤《つぐ》んだのだ。

「そういえば、どうしてクローネを連れて逃げてたんだっけ」

「私に聞かれても……。私だって、アインがいきなり手を掴《つか》んできたから一緒に走っただけなんだ

「我ながらよく分かんないけど、偶《たま》にはいいか。最近は一緒にゆっくりできてなかったし、丁度良かったと思うよ」

さりげない言葉が嬉《うれ》しくて、ふと頬が赤らんでしまいそうになる。

でも、アインが海に視線を戻してくれたから助かった。

「――――もう」

彼の横顔は、微《かす》かに赤らんでいた。

互いに素直ではないというか、初心《うぶ》であるというか。……どちらにせよ、互いの望む状況だったことに変わりはない。

「午後からどうしよっか」

「え？」

「いっそこのまま、日暮れまで帰らなくていい気がしてきたんだよね」

嬉しさのあまり震えそうになる身体《からだ》を律し、まばたきを繰り返してから。

クローネはアインの膝《ひざ》に手を置いて身体を乗り出した。

「私、一緒に行きたかったお店があるの……！」

「よっし。じゃあ行ってみようか」

立ち上がったアインがクローネに手を差し伸べた。

その姿はさながら、パーティ会場でダンスを誘うかのよう。

彼の手を取ったクローネだが、このまま城下町を歩くわけにもいかず、名残惜しそうに手を放して苦笑いを浮かべた。

けど、すぐにアインが手を取り直す。

「通りに出る直前までなら平気だと思うよ」

「…………」

「クローネ？」

「ううん、何でもないわ。嬉しくてぼーっとしちゃってたみたい」

軽めに、いつもの調子で口にした彼はそっぽを向いた。

クローネはその些細《ささい》な気遣いを愛《いと》おしく思い、彼の肩に身を寄せる。

――――二人はそれから。

出来るだけゆっくりと足を進めた。

◇　◇　◇

目が覚めると。

そこはクローネの執務室で、夜中の暗闇《くらやみ》に包まれていた。

どうしてここに……？　寝ぼけ眼《まなこ》を擦《こす》り、叡智《えいち》ノ塔から帰ってからのことを思い出す。確か目を覚ましてから話を聞き、ミスティたちを見送ったのだ。

だが、ミスティたちにすべてを委ねて何もしないのは愚を極める。

城内は依然として人の出入りが多かったし、クローネも調べ事に勤《いそ》しんでいたはず。

だというのに、クローネは執務室の机に突っ伏していた。

まだ体力が回復しきっていないにもかかわらず無理をしたせいで、少しの間眠ってしまっていたようだ。

「夢…………だったのね」

あれはいつの日か、アインと一緒に城下町に繰り出した日のことだったと思う。

今と違って幸せだった時間を夢に見てしまったせいで、瞼《まぶた》から涙が零《こぼ》れ落ちそうになる。

でも、強く拭《ぬぐ》って頬を叩《たた》いた。

「…………こんなことをしてる場合じゃないわ」

そして時計を見て、頷いた。

気持ちを入れ替えて席を立ち、いつもより重い足取りで外に向かう。

――――クローネは目を覚まして間もないというのに、城内を毅然《きぜん》とした態度で歩いていた。

まず、カティマの下を訪ね、まだ目を覚ましていないクリスの容態を確認しに行った。

彼女はそれらを終えてからも忙《せわ》しなく城内を闊歩《かっぽ》し、矢継ぎ早にやってくる者たちへの対応に勤しむ。

「王太子補佐官殿！　ご所望の資料をお持ち致しました！」

「お忙しいところ失礼致します！　声を掛けていた研究者が城門に来ておりますが、如何《いかが》いたしましょう！」

その仕事量は、普段の比ではない。

だけど、少しも慌てていないどころか余裕がある。訪ねる者たちへと、歩みを止めないまま返事をしていた。

もっと頑張らないといけない。

彼女の足はやがて、城の出入り口付近の広間で止まった。

すると、忙しなく出入りする者たちが一斉に彼女に注目した。

何もしていないのに、その立ち姿に目を奪われる。

「宰相閣下に代わり、私が必要な執務を承ります」

凛《りん》として、怯《ひる》まず。

皆の注目を集めながら宣言して、一人一人の顔を見渡す。それを受けて、皆は例外なく跪《ひざまず》こうとした。

それも、無意識の間にだ。


………………その様子を、上の階の吹き抜けから一組の男女が眺めていた。

「不思議だ」

こう口にしたのはシルヴァードだった。

隣に立っていたラルアは彼を見て、驚いた。不思議だ、こう口にした彼が一瞬、跪こうとしたように見えたのだ。

「今のクローネはあの夜のアインによく似ている」

それは、イシュタリカに来て最初のパーティの夜。

アインがクローネを守り、そして貴族に自分たちを認めさせた夜のことだ。

「皆があの日のように跪こうとしたぞ」

「ええ。先ほどのあなたもそうだったように」

「そのようだ。余も無意識だったが、そうするのが自然と言わんばかりに膝をつきそうになってしまった」

でも、クローネとアインは決定的に違っていた。

あの夜のアインの演説が、初代国王ジェイルの言葉と酷似していたということもある。

彼自身が漂わせていた、筆舌に尽くし難い威厳も確かにあった。これらは、まさに王の覇気だったと今でも言える。

クローネにも似た雰囲気は漂っていたが、彼女の場合は――――。

「まるで、王の不在を守る王妃のようですわね」

堂に入った姿はまさにそう。

凛然《りんぜん》として、浄《きよ》く。


『――――皆様、どうか力をお貸しください』

慈悲深さを孕《はら》んだクローネの高潔さは、皆を惹《ひ》き付ける包容力に満ち満ちていた。

◇◇◇

海龍艦リヴァイアサンがイシュタリカ王都の港を発《た》ってから、いくらかの時間が過ぎていた。

甲板の上に立った三人は迫るハイムの方角を見て、目を凝らしている。

「すごいね。あれ」

そう、アーシェが呟《つぶや》いた。

「あっちに居るの、すごい化け物だよ。あれが神様だーなんて言われたら、多分納得するかも」

ぼーっとした目つきながらも、アーシェの態度は真剣だった。瞳《ひとみ》は輝きを取り戻し、纏《まと》う力は覚《かく》醒《せい》した魔王そのもの。

しかし、そんなアーシェでも感じてしまう。

渡った向こう側に居る存在の強さと、ここにまで届く怖《おそ》れを。

「私はもう狙《ねら》われてると思う。飢えた獣が舌なめずりするみたいに、私の方に根を伸ばしてきてるもん」

「つまり、お前はご馳走《ちそう》というわけだ」

「悪い気はしない……かも」

喜ぶべきではないが、強さをご馳走と称されたことに気をよくしたのだ。

「やれやれ、その力の抜ける返事は相変わらずだな」

「……むっ！　それを言ったらお兄ちゃんは理屈っぽいし、お姉ちゃんは意地悪なまま！」

「あら。どういう意味かしら」

「だって、あの女の子《クローネ》に意地悪してたでしょ？」

「私が知るあの子なら、あんなの意地悪に入らないわよ」

話が一段落したところで、アーシェがはじめて表情を硬くした。

彼女は唇をぎゅっと閉じると、半開きだった目をしっかりと開く。つづけて、試しに身体中に力を入れれば、彼女の周囲に星空のような紫色の煌《きらめ》きが広がり、何か、海の向こうから漂う気配とぶつかった。

「急がないと危ないよ。……じゃないと、もう数時間もしないうちに、私たちが束になっても敵《かな》わない存在に進化すると思う」

今のアーシェは嫉妬《しっと》の夢魔としての強さを持つという。

それでも駄目なのか。

愕然《がくぜん》と目を見開き、絶句したラムザとミスティ。

もはや一秒も惜しいと思い、二人は出航を急《せ》かしたのである。


——やがて、港町ラウンドハート沖に到着したリヴァイアサンの操舵《そうだ》室で、アーシェがロイドに告げる。

「港町から少し距離を置いて停泊して。じゃないと、この船も壊されちゃうよ」

すると、困惑した様子のロイドを傍目《はため》に、ミスティが口を開く。

「私たちが想像していた以上にアイン君の力が高まってるみたい」

「そういうことだ。俺もここ数十分はずっと睨《にら》みつけられてるような感覚がしてた」

「ん、そういうこと。――――でも、お兄ちゃん、お姉ちゃん。作戦は？」

「ない。強いて言うなら、全力で攻めるってぐらいだ。きつくなったら引いて、魔石をかじって回復する」

「お兄ちゃん……適当すぎ」

「文句を言うのならアーシェが作戦を考えてみればいい。だが見てみろ。あの馬鹿みたいに大きな樹《き》に襲い掛かるっていうのに、作戦らしい作戦があるか？」

「兵器を運ぶ！　今時の兵器はすごいって聞いた！」

「馬鹿言うな。俺たちの一撃にすら劣る兵器の攻撃に価値はない」

ラムザの言葉にアーシェはむすっとした表情を浮かべた。

窓ガラスに手を当て、吐息が微《かす》かに白く染め上げる。

海から眺めるハイム王国は不気味なまでの静けさを感じさせるが、そんなものは気にならないぐらいの存在感……。

暴食の世界樹のみが存在を主張していた。

「お姉ちゃん、すごい光だよ」

ハイム王都の上空には、不自然な星空が広がっていた。

幾重にも重なった天の川のようにも見え、星が燦々《さんさん》としすぎている。夜だというのに皆がハイムの様子を窺《うかが》えたのは、この賑《にぎ》やかすぎる星空が理由だった。

「……あの光は何なんだ」

指示を終えたロイドが自然と口を開き、言葉を漏らした。

それにラムザが答える。

「あれは馬鹿みたいに凝縮された魔力の結晶だ。近づけば何も考える暇なくあの世にいけるぞ」

「見事なものね。さすが世界樹、エルフが神と崇《あが》める存在なだけあるわ。更に言えば、その存在が魔王に昇華したわけなのだけど」

あれは本当の星空なんかではない。

巨大に生長した樹の枝へと、果実のように実った力の塊だった。

蒼《あお》、緑、紫、白、見る者を魅了するかのように、瞬きながら光を灯《とも》す。

幻想的の一言に尽きるが、その中身はどんな兵器よりも恐ろしい。

「アーシェ。同じ暴走した魔王同士、仲良くできないのか？」

「丸腰で近づいたら一瞬で吸い取られそうだけど。仲良くできると思う？」

「さぁな。やってみる前から諦《あきら》めるのはよくないと思うが」

「はいはい、二人とも。そろそろこの雰囲気もお終《しま》い。ちゃんとしましょうね」

ここでミスティが知りえた叡智が語られる。

「植物が休眠するという性質に頼るわ。劣悪で不適切な環境に陥った際、生命を維持するために行われる防衛本能よ。とりあえず、それでアイン君の動きを止めましょう」

暴食の世界樹にとっての劣悪な環境を作るのは苦労しそうだが、やるしかないのだ。

「ミスティが根に働きかけ、俺とアーシェが本体に働きかける。これだな」

「そういうこと」

「割って入って申し訳ないのだが、いいだろうか」

と、ロイド。

「もしも休眠という本能がなければ、どうするのだろうか」

世界樹という生き物、魔王という生き物を常識の範疇《はんちゅう》に置いていいのかが疑問なのだ。

「現地で考えるわ。今はそうならないことを祈っていて」

駄目だったら本当に力技しか残されていない。

そしてそれは、とても難しい。

ミスティがそんな絶望的なことを口から漏らした瞬間、船体が大きく揺れた。木の根と接触したからだ。

「この辺りで限界だな。小船を借りるぞ」

「それと、私たちが降りたらもう少し離れてね。じゃないと安全を保障できないから」

「ん！　頑張る！」

もうこの三人に頼るしか道はない。見送ったロイドは最後まで、その姿が見えなくなるまで頭を下げつづけたのである。


小船に乗り移り、海を進む中。

「――――懐かしいな」

ラムザの涼しげな横顔には、郷愁が浮かんでいた。

「あなた？」

「昔を思い出さないか？　俺がミスティに救われてからアーシェと出会い、色々な場所に旅をした日々のことを」

「ん……一緒に、たくさんたくさん戦った」

それは、旧王都が。

魔王領が生まれる以前の話。

「ああ。俺はこうしてまた、三人で戦えることが誇らしい」

デュラハンのラムザに、エルダーリッチのミスティ。

そして、夢魔の魔王アーシェ。

並び立つはイシュタリカの歴史上、他に類を見ない最強たちである。

「行きましょう。私たちが残してしまった最後の禍根を絶つために」

「………私も全力で戦う」

二人の声を聞き、ラムザは振り返らず。

「久しぶりの共闘だ。派手にやろう」


こう言い放ち、そびえ立つ暴食の世界樹を見上げたのだった。

あとがき

著者の結城涼《ゆうきりょう》です。八巻もお付き合いいただきありがとうございました。今回のお話はいかがだったでしょうか？　楽しんでいただけておりましたら幸いです！

さて、アインの「少年期」は八巻で一段落し「青年期」に突入する予定だったのですが、この八巻が思いのほかボリュームアップしてしまったため、九巻が「少年期」の最後となります……。

暴食の世界樹と化したアインと、彼を止めるべく向かった三人の最強。

壮絶な魔王対魔王の戦いが始まる中、それでも動き出すアインを想《おも》う少女。

――そして、初代国王に憧《あこが》れた彼の物語の真骨頂。

「少年期」の最後を飾る集大成をお待たせしてしまい、本当に申し訳ありません……。

今まさに、ＷＥＢ版を改稿し、書籍ならではの違いや加筆を楽しんでいただけるよう作業をしている最中です。どうか、引き続きアインの物語にお付き合いいただけますと幸いです。

最後になりますが、八巻も多くの方に支えられて一冊の本にすることが出来ました。

イラストの成瀬《なるせ》先生をはじめ、出版に携わってくださった皆様は勿論《もちろん》のこと、お手に取ってくださった読者の皆様へ心から感謝申し上げます。

――紫陽花《あじさい》が咲く頃、アインの「少年期」を締めくくる九巻でお会いできますように。

カドカワBOOKS

魔石《ませき》グルメ　8
魔物《まもの》の力《ちから》を食《た》べたオレは最強《さいきよう》！

2021年２月10日　初版発行

著者／結城涼《ゆうきりよう》

発行者／青柳昌行

発行／株式会社KADOKAWA

〒102-8177
東京都千代田区富士見2-13-3
電話／0570-002-301（ナビダイヤル）

編集／カドカワBOOKS編集部

印刷所／大日本印刷

製本所／大日本印刷

●お問い合わせ
https://www.kadokawa.co.jp/（「お問い合わせ」へお進みください）
※内容によっては、お答えできない場合があります。
※サポートは日本国内のみとさせていただきます。
※Japanese text only

Printed in Japan
ISBN 978-4-04-073824-6 C0093

新文芸宣言

かつて「知」と「美」は特権階級の所有物でした。

15世紀、グーテンベルクが発明した活版印刷技術は、特権階級から「知」と「美」を解放し、ルネサンスや宗教改革を導きました。市民革命や産業革命も、大衆に「知」と「美」が広まらなければ起こりえませんでした。人間は、本を読むことにより、自由と平等を獲得していったのです。

21世紀、インターネット技術により、第二の「知」と「美」の解放が起こりました。一部の選ばれた才能を持つ者だけが文章や絵、映像を発表できる時代は終わり、誰もがネット上で自己表現を出来る時代がやってきました。

UGC（ユーザージェネレイテッドコンテンツ）の波は、今世界を席巻しています。UGCから生まれた小説は、一般大衆からの批評を取り込みながら内容を充実させて行きます。受け手と送り手の情報の交換によって、UGCは量的な評価を獲得し、爆発的にその数を増やしているのです。

こうしたUGCから生まれた小説群を、私たちは「新文芸」と名付けました。

新文芸は、インターネットによる新しい「知」と「美」の形です。

2015年10月10日
井上伸一郎